घर का जोगी जोगड़ा

(संस्मरण)

घर का जोगी जोगड़ा

काशीनाथ सिंह

राजकमल प्रकाशन

ISBN : 978-81-267-1240-3

मूल्य : ₹ 300

पहला संस्करण : 2006
तीसरा संस्करण : 2017

प्रकाशक : राजकमल प्रकाशन प्रा. लि.
1-बी, नेताजी सुभाष मार्ग, दरियागंज
नई दिल्ली-110 002

शाखाएँ : अशोक राजपथ, साइंस कॉलेज के सामने, पटना-800 006
पहली मंजिल, दरबारी बिल्डिंग, महात्मा गांधी मार्ग, इलाहाबाद-211 001
36 ए, शेक्सपियर सरणी, कोलकाता-700 017

वेबसाइट : www.rajkamalprakashan.com
ई-मेल : info@rajkamalprakashan.com

मुद्रक : बी.के. ऑफसेट
नवीन शाहदरा, दिल्ली-110 032

GHAR KA JOGI JOGDA
by Kashinath Singh

बाबा जोगी एक अकेला।
जाके तीरथ बरत न मेला॥
झोली पत्र भभूत न बटुवा,
अनहद बेन बजावै।
माँगि न खाइ न भूखा सोवै,
घर अँगना फिरि आवै।
पाँच जना क जमात चलावै,
तास गुरू मैं चेला।
कहै कबीर उनि देस सिधाया
बहुरि न इह जग मेला॥
बाबा जोगी एक अकेला॥

['कबीर-समग्र' पद, पृ. 609]

भैया

के

अस्सीवें बसन्त

पर

स्मरण

शायद ही मेरी कोई ऐसी कहानी हो जो भैया को पसन्द हो लेकिन ऐसा संस्मरण और कथा-रिपोर्ताज भी शायद ही हो जो उन्हें नापसन्द हो।

यह कहते हुए मुझे गर्व हो रहा है कि वे मेरे बड़े भाई ही नहीं, कथागुरु भी हैं। मुझमें जो भी थोड़ा-बहुत कथा-विवेक है, उन्हीं से अर्जित है। अगर मैं कहानी से संस्मरण की तरफ गया और फिर संस्मरण से कथा-रिपोर्ताज की ओर—तो इसके पीछे कहीं न कहीं वे भी हैं। उनके सिवा और कौन समझ सकता है मेरे कथाकार की कमजोरियों और उसकी रचनात्मक ताकत को ? लम्बे-चौड़े मैदान में एक ही स्थान पर खड़े रहकर जिन्दगी भर 'बाएँ-दाएँ' करते रहने से बेहतर है अपनी सम्भावनाओं और क्षमताओं के लिए नए क्षितिज खोजना और किसी ऊसर पड़े खेत को हरा-भरा बनाना !

मैं उन्हें अपने कानों से पढ़ता रहा हूँ पिछले पचास वर्षों से। वे जो कहते रहते हैं, उसे कभी लिखते हैं कभी नहीं लिखते। ऐसा भी हुआ है कि जिस बात को सन् '60 से कहते रहे हों, उसे '90 में जाकर लिखा हो। मैं जिस नगर में रहता हूँ वह मूल रूप से स्मृति और श्रुतिपरम्परा का ही नगर है। मुझे कहने में संकोच नहीं कि मैंने उन्हें कम से कम पढ़ा है और समझा तो उससे भी कम। लेकिन उनसे जो सुनता हूँ उनमें से अपने काम की या जरूरत की बातें गिरह बाँध लेता हूँ।

मुझे अपना पहला संस्मरण लिखना पड़ा उनकी 'षष्टिपूर्ति' पर ! 'पहल' के लिए ! यानी '85-'86 के करीब ! कहानियाँ लिखते-लिखते ऊब-सा रहा था। कहानी से जो चाहता था, वह नहीं हो रहा था मुझसे। और संस्मरण के लिए हिन्दी में कोई मॉडल नहीं था मेरे सामने ! जो था वह रूखा, सूखा, बेजान, अनाकर्षक, मांस-मज्जा हीन, ऊष्मा रहित। हड्डियों के निर्जीव ढाँचे की तरह। साथ ही संस्मरण की जगह साहित्य के समाज में उस दलित जैसी थी जिसके लिए 'पंगत' में कोई पत्तल नहीं।

मेरा कथाकार संस्मरण के शास्त्र को बदल देना चाहता था लेकिन यह

उस पर नहीं, उस व्यक्ति या उन व्यक्तियों के जीवन पर निर्भर था जो जीने की निर्धारित शास्त्रीयता को अस्वीकार कर रहे थे !

मुझे याद आया भैया का एक पत्र। सन् '65 में बनारस छोड़ने के बाद का पहला पत्र। दिल्ली से। मुक्तिबोध को गुजरे कुछ ही महीने हो रहे थे और उन पर 'राष्ट्रवाणी' का एक अंक आया था। पत्र के अन्त में उन्होंने दो वाक्य लिखे थे–'तुमने 'राष्ट्रवाणी' के मुक्तिबोध विशेषांक में छोटे भाई शरत मुक्तिबोध का निबंध पढ़ा ? पढ़ लेना, कौन जाने कभी तुम्हें भी लिखना पड़े तब याद रखना कि गद्य ऐसा ही हो–बल्कि इससे भी ज़्यादा .खुश्क !' मैंने वह संस्मरण पढ़ा था लेकिन ऐसा कुछ ख़ास नहीं लगा था। इस चिट्ठी में मेरे मतलब की सिर्फ एक चीज़ थी–कि गद्य कैसा हो ? .खुश्क ! यानी गीला न हो, भीगा न हो--कपड़े की तरह उसे निचोड़ कर, पानी निथार कर सुखा लो और जब हल्का, कड़कड़ हो जाए, उसमें चमक आ जाए तब इस्तेमाल करो ! राग-विराग मुक्त गद्य ! यह मेरी समझ थी; उनकी क्या थी, नहीं मालूम !

लेकिन ऐसा बेजान और बेस्वाद गद्य किस काम का ? जिसमें न आकर्षण हो न लज़्ज़त ?

इसका भी उत्तर मुझे उन्हीं की बातों में मिला जो करते रहते थे। अक्सर ! भारतेन्दु युगीन गद्य के सन्दर्भ में। गुलेरी जी के सन्दर्भ में। कि संस्कृत और पुरानी हिन्दी का इतना बड़ा आचार्य लेकिन 'उसने कहा था' और 'कछुआ-धर्म' की भाषा देखो उनकी। तो 'हँसमुख गद्य'–आत्मीयता, जिन्दादिली और मस्ती से सराबोर हँसमुख गद्य ! बनारस की मिट्टी और आबोहवा में ही कुछ ऐसा है–फक्कड़ी, अक्खड़ी, हँसी-ठिठोली, व्यंग्य-विनोद, मौज-मस्ती। लेकिन इस किस्म का गद्य किसी टकसाल में नहीं, सड़कों पर, फुटपाथों पर, पंसारी और पनवाड़ी की दुकानों पर, रिक्शों-ठेलों पर मिलता है। इफरात भरा पड़ा है ! जरूरत है उसे जीने की, साधने की। आलोचना की तो सीमाएँ हैं लेकिन रचनात्मक साहित्य की कोई सीमा नहीं।

अकादमिक तंत्र के भीतर कुलीनों के बीच रहनेवाले लेखक के लिए मुश्किल काम, लेकिन एक झरोखा तो खुला ही था मेरी आँखों के आगे।

उस झरोखे से जो पहला चेहरा नजर आया, वह मेरे ही बड़े भाई का था !

–काशीनाथ

अनुक्रम

जीयनपुर

नामवर के गुरु हजारीप्रसाद द्विवेदी ने कबीर के प्रसंग में लिखा था कि प्रतिभा जन्म लेने के लिए किसी कुल विशेष का इन्तज़ार नहीं करती। वे यह कहना भूल गए कि वह कभी-कभी इन्तज़ार भी करती है लेकिन टीले या ऊसर का–वरना नामवर को पैदा होने के लिए बनारस जिले में एक जीयनपुर ही नहीं था।

जीयनपुर को 'ऊसर गाँव' बोलते थे उस जमाने में।

इस गाँव को पास-पड़ोस के धोबी जानते थे जिन्हें रेह की जरूरत पड़ती थी कपड़े धोने के लिए ! गिद्ध भी जानते थे जिनके बैठने के लिए एक ही कतार में दस-पन्द्रह ताड़ के पेड़ थे। दैव भी जानता था। लेकिन जाने क्या था कि जब आस-पास के सारे गाँव पानी में डूबकर 'त्राहि-त्राहि' कर रहे होते थे, यह गाँव प्यासा का प्यासा रह जाता था।

नाम जीयनपुर और जीवन का पता नहीं !

हो सकता है, जीवन की चाहत ने ही इसे जीयनपुर नाम दिया हो।

लेकिन यह 'पुर' नहीं, 'पुरवा' था–किसी गाँव का पूरक ! नामालूम-सी एक छोटी बस्ती !

बचपन में जैसे ही इस गाँव से बाहर निकलने लायक होने लगते थे, घर में पहला पाठ यही पढ़ाया जाता था कि अगर कहीं भटक गए या गुम हो गए, और कोई पूछे–कहाँ घर है ? कहाँ रहते हो ? तो क्या बोलोगे ? और उत्तर रटाया जाता था–'आवाजापुर ! जीयनपुर कहोगे तो कोई नहीं समझेगा !'

आवाजापुर रोड के किनारे। आबादी और क्षेत्रफल के हिसाब से बड़ा गाँव, ठाकुरों के कई टोले। कोई ऐसी जाति नहीं जो न हो। स्कूल भी, दवाखाना भी। ऐसा गाँव जिसमें सम्पन्न भी थे, शिक्षित भी, बाहर नौकरी करनेवाले भी।

नामवर ने इसी गाँव में हिन्दी की वर्णमाला सीखी थी–'न' पर 'आ' की मात्रा 'ना'। जीयनपुर इसी आवाजापुर से एक मील पूरब था !

आइए, चलिए नामवर के बचपन के गाँव।

उत्तर तरफ गाँव की पूरी बस्ती को नापती हुई पोखर, जिसे 'महदेवा' बोलते थे–इसलिए कि पोखर के पार महादेव की पिंडी थी। शायद् यह पोखर इसलिए थी कि इसी जगह की माटी से गाँव के घर-दुआर बनाए जाते थे। पोखर पूरे गाँव की थी, किसी एक की नहीं !

गाँव के पूरब भीटा था–उत्तर से दक्खिन तक फैला हुआ जिस पर एक कतार में ताड़ के पेड़ थे–इसीलिए उसे कुछ लोग ताड़गाँव भी बोलते थे। ताड़ों पर गिद्धों और चीलों का बसेरा था ! उसी पर बैठकर वे सिवान में फेंके हुए या मरे हुए डाँगरों का जायजा लेते थे। रातों में अक्सर, उनके उड़ने और पत्तों के खड़खड़ाने की आवाज़ें आती थीं। और जाड़ों में भोर के समय ताड़ों के बड़े-बड़े पके फल भद्‌भद् गिरते तो हम उठकर नींद में दौड़ते और उठा लाते। उनके लिए लूट मची रहती थी।

कालू गोंड़ तो जाड़े भर उन्हीं के घात में रहते और उन्हीं पर गुजारा करते।

इन्हीं ताड़ों के बीच में नीम का एक बहुत बड़ा और गझिन पेड़ था जिस पर पचैंया (नागपंचमी) की शाम झूला पड़ता था। घराने के सभी मर्द-औरतें इस पर झूलते और कजली गाते थे। 'हरी-हरी' या 'हरे रामा' से शुरू होनेवाली कजलियाँ–आज भी कहीं झूला दिखाई पड़ता है, तो कानों में गूँजने लगती हैं। लड़के दिन में या शाम को झूलते थे और सयानी लड़कियाँ, बहुएँ या भाभियाँ रात या भोर में !

इसी नीम के नीचे अखाड़ा भी था।

ये ताड़ जहाँ खत्म होते थे–वहीं से पूरब के लिए छौरा जाता था जिसके मोड़ के पास काली माई का चौरा था। साल में दो बार गाँव की औरतें माता माई की पूजा करती थीं और चढ़ावे चढ़ाती थीं।

दक्खिनी सीमा पर बावड़ी थी जो भैसों के मड़िया लेने के काम आती थी ! फिर उसके बाद पठार जैसा भीटा जो गाँव और चमटोल के बीच 'डिवाइडर' था। इस भीटा पर पीपल का एक अकेला पुराना दरख्त था जिसके नीचे बरम बाबा !

चमटोल गाँव के दक्खिन थी–भीटा से परे !

हमारे हाईस्कूल की छमाही परीक्षा में 'सामान्य ज्ञान' के प्रश्नपत्र में एक सवाल पूछा गया था–'चमटोल गाँव के दक्खिन ही क्यों होती है ?' हम उत्तर नहीं दे सके थे लेकिन सचाई थी। उस पूरे इलाके में हर गाँव के

दक्खिन चमटोल। मास्टर ने बताया था कि चमारों की बस्तियाँ गन्दी, बदबूदार और रोगाणुओं से भरी होती हैं। हवाएँ प्रायः पूरब, पश्चिम और उत्तर से ही चलती हैं, दक्खिन से नहीं। इसलिए रोग-व्याधि से गाँव की मुक्ति चमटोल के दक्खिन बसने में ही है ! देवी-देवताओं का वास भी उस दिशा में नहीं होता !

पच्छिम ऊसर था जिस पर डीह बाबा थे। गाँव के रक्षक ! 'सामान्य ज्ञान' वाले प्रश्नपत्र में दूसरा प्रश्न भी यही था—'डीह हमेशा गाँव के पच्छिम ही क्यों होते हैं ?' उत्तर भी उसी तरह के—कि गाँवों पर सारे आक्रमण पच्छिम से ही होते रहे हैं। सिकन्दर से लेकर मुगलों तक।

तो यह थी गाँव की चौहद्दी !

फसलें दो होती थीं—अगहनी और चैती ! जब तक धान नहीं तैयार होते तब तक गाँव बाजरा, जोन्हरी और सावाँ से काम चलाता ! उन्हीं के दाने और उन्हीं के भात। धान की दो ही किस्में होती थीं—सारो और सिलहट। इनके भात लाल रंग के होते। समय-समय पर बाजरे और अरहर की खुद्दियों की लिट्टियाँ भी बनती रहतीं। जाड़ों की रात में भात और दिन में मटर की घुघनी और ईख का रस ! सब्जी मौसमी थीं। बरसात में करेम और सनई के फूलों के साग और जाड़ों में बथुआ और चने के !

गरमी की भोर की शुरुआत होती सिवान में महुवा बीनने से ! दोपहर आम और जामुन के पीछे बगीचे में। रात को जौ की रोटियाँ बनतीं और अरहर की पनियल दाल। गेहूँ को 'ब्राह्मण देवता' कहा जाता था ! थोड़ा बहुत होता भी तो शादी-ब्याह और श्राद्ध के लिए रखा रहता ! प्रायः हर घर में एक-एक भैंस थी लेकिन जब ब्यायी होती तो उसका मट्ठा ही मिलता—वह भी नपने से, उम्र के हिसाब से ! दूध या दही के दर्शन खिचड़ी (मकर संक्राति) को होते, चिउड़ा के साथ।

यह सारा कुछ इसलिए कि सिंचाई कुएँ या दैव के भरोसे थी !

कहते हैं, कोई घूरी सिंह थे खड़ान गाँव में—उन्नीसवीं सदी के उत्तरार्द्ध में ! महारानी विक्टोरिया के राज में हिन्दुस्तानी फौज में सूबेदार ! लम्बे, तगड़े, मज़बूत कद-काठी के जवान ! बहादुर और दिलेर। अपने रेजिमेंट के साथ कहीं उत्तर-पूरब में पड़े हुए थे ! जंगली-पहाड़ी घनघोर इलाका। जाड़े के दिन थे। सुबह शौच के लिए लोटे में पानी लेकर निकले और दूर चले गए छावनी

से ! वे बैठे ही थे निपटने के लिए कि एक बाघ ने उन पर आक्रमण कर दिया। उस बाघ ने आतंक मचा रखा था उस इलाके में। वे सुन चुके थे उसके बारे में। चालाक से चालाक शिकारी भी उससे हार मान चुके थे। घूरी के पास कोई हथियार नहीं था सिवा कम्बल और लौटे के ! वे उस पर कम्बल फेंक कर टूट पड़े। किसी तरह गरदन समेत जबड़े को कम्बल में लपेटा और लोटे से ताबड़तोड़ शुरू किया माथे पर। वे लहूलुहान हो गए लेकिन मारते रहे ! धीरे-धीरे वह घुर्र-घुर्र करने के बाद ठंडा हो गया !

खबर पहुँची बर्तानिया सरकार के आला अफसरों के पास ! उन्होंने जब बाघ की खाल, चिथड़ा कम्बल और पिचका लोटा देखा तो विश्वास हो गया। उन्हीं की सिफारिश पर इनाम में घूरी को तीन गाँव दिए गए—पहाड़पुर, करजौंड़ा और जीयनपुर। खड़ान गाँव इन गाँवों से तीन-चार मील दूर ! कैसे सम्भव थी इनकी देख-भाल ? करजौंड़ा और पहाड़पुर में पहले से बसाहट थी, बस्तियाँ थीं, लोग थे। इस हिसाब से जीयनपुर ठीक लगा उन्हें। यहाँ सिर्फ ठाकुरों के दो घर थे—बाकी नागफनी के जंगल, झाड़-झंखाड़, ऊसर और रेह। न कहीं तालाब, न पोखर, न नदी-नाला। खुला मैदान और खुली छूट ! जीयनपुर से करजौंड़ा और पहाड़पुर की भी देखरेख की जा सकती थी !

मौजूदा जीयनपुर इन्हीं तीनों परिवारों का विस्तार है !

घूरी के चार बेटे हुए—अयोध्या, मथुरा, द्वारिका और हरगेन। फिर इन सबकी सन्तानें हुईं। द्वारिका के भी चार बेटे हुए—मकुनी, गोकुल, रामजग और रामनाथ। इनमें जब बँटवारा हुआ तो रामनाथ के हिस्से तीस बीघे खेत आए। रामनाथ को खेतों से नहीं, सिर्फ भैंस से मतलब था ! सीधे-सादे अँगूठा टेक साधु स्वभाव के आदमी। घर-दुआर, जगह-जायदाद, किस काम के ? सुबह-सुबह वे खूँटे से भैंस खोलते और सिवान में निकल जाते ! उनका सारा समय सिवान, बाग-बगीचों और ताल-तलैयों में ही गुजरता ! इस तरह भैंस की सेवा करते-करते एक दिन वे अपनी जवानी में ही सुरलोक सिधार गए।

रह गए उनके बेटे—सागर, नागर, बाबूनन्दन और जयराम ! बचपन में ही जयराम के गुजरने के बावजूद ठाकुरों में सबसे बड़ा परिवार। छोटे-बड़े मिलाकर लगभग बीस सदस्य ! सिर्फ बड़ा नहीं, सम्मानित भी ! पूरे गाँव में यही एक घर था जिसमें खेती-बाड़ी के सिवा बाहर से भी हर महीने सोलह रुपए की आय थी। और यह आय थी प्राइमरी स्कूल के मास्टर की।

इन्हीं 'मास्टर' का नाम नागर सिंह था और इन्हीं के बड़े बेटे हैं नामवर !

मास्टर तो दूसरे गाँवों में भी थे—प्राइमरी के ही नहीं मिडलस्कूल तक के लेकिन इनकी कुछ अपनी ख़ासियत थी। ये कभी गाँव के पचड़ों-झगड़ों में पड़े नहीं—अपने घरानों या पट्टीदार के हों या छोटी-बड़ी जातियों के ! अपने काम से काम। न किसी की चुगली सुनना और न खाना। नाच-तमाशे और हा-हा हू-हू से कोई मतलब नहीं। बच्चे चाहे जिस जाति के हों—उन्हें डाँट-डपट के स्कूल भिजवाते रहते थे ! पाखंड, धूर्तता और झूठ से चिढ़ थी उन्हें। हुक्का पीते थे—घर पर भी और स्कूल में भी। हमेशा छड़ी या छाता लिये हुए चलते थे—नाक की सीध में; और सिर्फ चलते नहीं थे, देखते भी थे। बेहद नियमित और अनुशासित ! कभी नहीं पाया कि स्कूल खुला हो और वे घर के काम निपटाने में लगे हों ! गिरस्ती का काम न वे करते थे और न कोई करने के लिए उनसे कहता था।

लोग उनसे डरते भी थे और उनका सम्मान भी करते थे !

'मास्टर' के एक मित्र थे विद्यार्थी जी। गाँधीवादी और सुराजी ! बाद में विधायक हुए कांग्रेस से ! उन दिनों एक-डेढ़ मील पूरब रहते थे हेतमपुर में। मास्टर को बतियाना होता था या गप्पें मारना होता था तो वहीं जाते थे ! छुट्टियों में तो वहाँ जाने का नियम-सा बना रखा था ! शायद उन्हीं की देखा-देखी मारकीन छोड़कर खद्दर पहनना शुरू कर दिया था उन्होंने; और नौकरी छोड़ने का मन भी बना लिया था !

जीयनपुर में शिक्षा इन्हीं मास्टर के जरिए आई थी !

मास्टर के बड़े भाई थे सागर सिंह—सामाजिक, व्यवहारकुशल और हँसमुख। वही घर के मालिक थे ! छोटे भाई बाबूनन्दन गाने-बजाने वाले घुमन्तू और बैठकबाज थे। तीन भाई तीन रकम के थे ! लेकिन ये तीनों भाई एक-दूसरे की बड़ी इज्जत करते थे। बखरी में होनेवाली औरतों की 'काँव-काँव-झाँव-झाँव' से वे अप्रभावित रहते थे ! उनकी मान्यता थी—कि हम एक खून और एक संस्कार के हैं लेकिन ये औरतें अलग-अलग घरों से आई हैं, इनके संस्कार अलग-अलग हैं; कि ये मिट्टी के सात घड़े हैं, पास-पास रहेंगे तो टकराएँगे ही, टकराएँगे तो आवाज होगी ही। इन पर कान देने की कोई जरूरत नहीं। उनकी यह समझ उनके व्यवहार में भी

दिखाई पड़ती। वे अपने नहीं, दूसरे के बेटों को अपना बेटा मानते !

लेकिन औरतों में यह समझदारी नहीं थी ! उनके बेटे ही उनके लिए सब कुछ थे ! वे आपस में लड़ते तो उनकी माँएँ लड़ पड़तीं। बेटों के पीछे उनके गुट बनते-बिगड़ते रहते ! और उसी के भरोसे वे अपने बच्चों के खाने-पीने, पहनने-ओढ़ने की अलग से व्यवस्था भी रखती थीं—निजी।

माँ की स्थिति थोड़ी अलग थी, इन औरतों के मुकाबले ! उसका मायका नहीं रह गया था ! शादी के बाद ही वहाँ महामारी फैली थी और सारा कुछ खत्म हो गया था ! उसकी माँ की बहन का घर ही उसका मायका था जहाँ वह कभी नहीं गई ! दूसरी मुश्किल यह थी कि सबके पति हमेशा खेत-खलिहान में लगे रहते लेकिन उसके पति को मुदर्रिसी से ही फुर्सत न थी। जब कभी मिलती भी थी तो उनकी दिलचस्पी ही न थी ! दुआर पर लेटे-लेटे टाँगें हिलाया करते। जबकि खाने में न वे कोई कसर छोड़ते, न उनके बेटे ! उन्हें तो कोई कुछ न बोलता लेकिन औरतें सारा गुस्सा माँ पर निकालती रहतीं !

सबसे बड़ी बात यह कि उसने अपने पति की कमाई का सुख भी कभी नहीं जाना। क्योंकि उनकी कमाई एक सरकारी खजाने से निकलती और परिवार के सरकारी खजाने में चली जाती।

एक दुख बराबर सालता रहा उसे—पति पढ़ा-लिखा और वह अपढ़ गँवार। वह अक्सर कहा करती कि अगर उसके गाँव में स्कूल रहा होता तो ज़रूर पढ़ा होता। पढ़ने का सुख उसने तब जाना जब उसके बड़े बेटे को वज़ीफा मिला ! उसी के पैसों में उसने बकरी खरीदी—अपने बच्चों के दूध पीने के लिए। वह चाहती थी कि उसके बेटे खूब पढ़ें—बड़ा आदमी बनें ! लेकिन किसान का घर ! काम ही काम ! कटाई है, जुताई—हेंगाई है, दँवाई है, रोपनी है, बुवाई है, ईख छोलाई है, कोल्हुआड़ है, मोट-पुर है, दौरी है, बिनिया है, खेतवाही है और नहीं तो दिन चढ़ आया है और भैंस अभी खूँटे पर ही है—काम से जी न चुराना हो तो काम ही काम है। उसे लगता कि सबको काम तभी सूझता है जब उसका बेटा पढ़ने बैठता है ! और दूसरों को लगता कि दूसरे लड़के-बच्चे सुबह से खट रहे हैं और यह ससुर कापी गोंद रहे हैं। अरे, जो ज़रूरी है पहले वह देखो, किताब कहीं भागे थोड़े जा रही है ? बीच में माँ के बोलने का मतलब होता—झगड़ा।

माँ इकहरे बदन की लम्बी, गोरी, खूबसूरत और धर्मभीरु औरत थी—छोटी से छोटी बात पर मनौती मानने वाली ! खुशदिल और हँसमुख।

गाने-बजाने के हर त्यौहार और मौके पर हाज़िर। किसी की भी अर्थी जाते देखकर रोना और किसी भी आँगन में विवाह का माँड़ो गड़ा देखकर गाना उसका स्वभाव था ! रोना इस बात पर कि अब क्या होगा उस विधवा का ? या माँ का ? या खानदान का ? गाना इस बात पर कि कितनी खुश होगी बेटी ? उसके माँ-बाप ? उसके घर वाले ? उसे जब-जब ये याद आते—गाती या रोती ! जिन्होंने उसे देखा था और बातें की थीं वे नामवर के नामवर होने का श्रेय माँ को देते हैं। उसने अपने बेटों की पढ़ाई के लिए अपना गहना-गुरिया सारा कुछ बेच डाला था।

अपने बड़े बेटे को लेकर पिता के सपने बड़े छोटे थे। उनके सपनों की ऊँचाई जीयनपुर के टीलों से अधिक न थी। इससे अधिक के बारे में सोच भी नहीं सकते थे वे ! वे चाहते थे कि 'बड़के जने' (जीवन भर उनके मुँह से यही सुना, कभी 'नामवर' नहीं) मिडल पास करने के बाद नार्मल की ट्रेनिंग करें और गाँव के आस-पास किसी स्कूल में मास्टर हो जाएँ। खेती-बारी भी सँभालें और पढ़ाएँ भी।

यह नामवर को स्वीकार न हुआ और इस मामले में माँ बेटे के साथ थी।

मित्रो, इस लम्बी-चौड़ी भूमिका के बाद मैं आपको सच्ची बात यह बताऊँ कि मैंने नामवर के बचपन का गाँव जरूर देखा है, उनका बचपन नहीं देखा ! वे मुझसे दस साल बड़े थे। वे सन् 41 में जीयनपुर छोड़ गए जब मैं चार-पाँच साल का था ! बड़े भाई के नाम पर मैं सिर्फ़ रामजी को जानता था। माँ बताती रही होगी लेकिन मुझे कुछ भी याद नहीं !

धीरे-धीरे सुनना शुरू किया उनके बारे में—

कि पढ़ने में बड़े तेज थे,

कि इतिहास के पर्चे में किसी एक ही प्रश्न का उत्तर लिखते रहे थे, इसलिए मिडल में फेल हो गए !

कि कादिराबाद में कोई वाचनालय या लाइब्रेरी थी जहाँ अक्सर जाते थे।

कि यू.पी. कॉलेज के पास 'सरसौली' नाम की कोई जगह थी, जहाँ कवि-सम्मेलन हुआ था; उसमें पहली बार नामवर भी गए थे और खूब जमे थे।

कि कॉलेज की पत्रिका 'क्षत्रिय मित्र' में उनकी कविताएँ तो छपती रहती थीं लेकिन सबसे पहले उनकी एक कहानी छपी थी—'कहानी की कहानी !'

कि यू.पी. कॉलेज में कोई आयोजन हुआ था जिसमें निराला आए थे ! निराला ने खुश होकर बनारस के और कवियों के रहते हुए नामवर को सौ रुपए पुरस्कार में दिए थे ! उसी आयोजन में जानकीवल्लभ शास्त्री भी थे जिन्हें उन्होंने दो सौ रुपए दिए !

कि यू.पी. कॉलेज में जब भी कोई समारोह होता था, प्रिंसिपल नामवर को खड़ा कर देते थे—'तान के सोता रहा जल चादर' सुनाओ तो ! नामवर गाना शुरू करते थे और उनके साथ-साथ प्रिंसिपल समेत छात्र-समूह गाता था !

इसी तरह की बातें—कुछ गाँव के बड़े-बुजुर्गों से, कुछ अपने स्कूल के मास्टरों से ! मास्टर अक्सर मुझे हूँसते रहते थे कि कहाँ एक भाई इतना तेज़ और कहाँ यह गधा ! अरे, कुछ तो लाज रखो नामवर का भाई होने की ?

यू.पी. क़ॉलेज के दिनों से ही उन्होंने एक नियम-सा बना रखा था जो तब तक चलता रहा जब तक वे बनारस में रहे। वे साल में कम से कम एक बार ज़रूर जाते थे जीयनपुर और वह भी दशहरे की छुट्टियों में ! कॉलेज के दिनों में हफ्ते-दस दिन के लिए और बाद में दो-तीन दिन के लिए ! जाने के दिन ही वे पूरे गाँव में घूमते थे—दुआर-दुआर और घर-घर। गाँव में गुटबन्दियाँ भी थीं, लाग-डाँट भी, अदावतें भी ! जात-कुजात के भी मामले थे ! ठकुरान में अलग, अहिरान में अलग ! लेकिन उन्हें इनसे मतलब नहीं था। वे उस घर से शुरू करते थे जिसमें या तो ग़मी हो गई थी या जिससे हमारे घर की लाग-डाँट थी !

उनके इस व्यवहार ने उन्हें सिर्फ 'मास्टर' का बेटा नहीं रहने दिया था !

16 अगस्त, 1942

शायद यही वह तिथि हो जिस दिन मुझे अहसास हुआ हो कि रामजी के सिवा भी मेरा एक और भैया है !

इसी दिन 'धानापुर कांड' हुआ था जिसमें थाना फूँका गया था, गोलियाँ चली थीं, कई लोग शहीद हुए थे, और पूरा परगना अगले 6-7 महीनों तक पुलिसिया जुल्म का शिकार होता रहा !

इसी दिन सुराजियों के जत्थे के साथ विद्यार्थी जी हेमतपुर से जीयनपुर आए थे--धानापुर जाने से पहले !

दिमाग पर बहुत जोर डालने के बाद मेरी आँखों में धुँधला-धुँधला-सा 'निगेटिव' उभर रहा है उन्हीं दिनों का--उन्हें पहली बार देखने का !

ये वे दिन थे जीयनपुर के; जब सिवान सबसे ज़्यादा हरा, भरा और गुलज़ार रहता था ! चारों तरफ धान के लहराते हुए खेत, तैयार होती ईख और अरहर की फसलें, और इनके सिवा बाजरे और जोन्हरी के खेतों से पटा गाँव के पूरब का सारा सिवान ! सबके खेत इसी दिशा में। अब तक बालियों में दाने और दानों में दूध आने शुरू हो जाते थे। हर खेत में एक मचान और उससे इधर-उधर सनसनाते हुए ढेले ! सुबह-शाम इन खेतों में चिड़ियों के झुंड के झुंड आते ! आते तो दिन भर लेकिर सुबह-शाम ज़्यादा ! एक खेत से उड़ाए जाते, दूसरे में बैठते; वहाँ से उड़ाए जाते, तीसरे में, चौथे में, पाँचवे-सातवें में। पूरा सिवान गूँजता रहता चिड़ियों के उड़ाए जाने के शोर से।

और चिड़ियाँ थीं कि कई-कई झुंडों में बाजरे के खेतों पर एक सिरे से दूसरे सिरे तक चक्कर काटती रहतीं।

बाजरों से ऊँचे मचान, मचानों के ऊपर झुंडों में चिड़ियाँ और चिड़ियों से ऊपर जब-तब पश्चिम से पूरब उड़ते युद्ध के विमान !

बर्मा में लड़ाई छिड़ी थी उन दिनों। दिन भर बाजरे-जोन्हरी के खेतों के ऊपर से युद्धक विमान दो-दो, तीन-तीन की संख्या में गुजरते थे--बहुत नीचे और बहुत तेज रफ्तार में। वायुमंडल को चीरते हुए। वे तो चले जाते थे लेकिन देर तक बाजरे की बालियाँ काँपती और थरथराती रहती थीं, उनकी धमक से ! विमानों की इस आवाजाही ने सिवान की रौनक और भी बढ़ा रखी थी !

हमारा खेत गाँव के ग्वैड़े ही था ! भैया इन्हीं दिनों आते थे और अपना पूरा दिन किताब-कापी के साथ मचान पर ही बिताते थे ! मचान उनकी सबसे प्रिय जगह थी !

रामजी भैया मुझे अपने साथ लेकर गए थे दोपहर में उन्हें खाने के लिए भेजने ! वे मचान पर खड़े होकर खेतों के बीच की पगडंडी देख रहे थे ! न पगडंडी दिखाई पड़ रही थी, न आदमी ! बाजरों के ऊपर एक तिरंगा हिलता-डुलता चला आ रहा था और झंडा गीत सुनाई पड़ रहा था।

छः साल का बच्चा मैं--कभी तिरंगा देख रहा था, कभी उन्हें ! थोड़ी

दूर काली माई के चौरे से।

मेरे 'निगेटिव' में उनके चेहरे की जगह कुदाल का धारदार नुकीला फल रह गया है और उनकी देह की जगह पतला, लम्बा और खुरदुरा बेंट !

इससे बहुत भिन्न नहीं थे वे उन दिनों ! जब तिरंगे के साथ जत्था बाजरे के खेतों से बाहर निकला तो उसके पीछे-पीछे वे भी दिखाई पड़े।

गरबीली गरीबी वह

चौंतीस वर्षों के लम्बे संग-साथ में सिर्फ़ दो-ढाई महीने ऐसे हैं जिनमें उन्हें किताब-कॉपी छूने की फुर्सत नहीं मिली थी। ये महीने थे उन्नीस सौ उनसठ के, जब वे चंदौली संसदीय क्षेत्र से लोकसभा का उपचुनाव लड़ रहे थे। त्रिभुवननारायण सिंह संसद से त्यागपत्र दे चुके थे और यह उन्हीं की सीट थी। उनके विरुद्ध लोहिया लड़कर हार चुके थे और दो महीने चुनाव-अभियान चलाकर, सभाएँ और जनसम्पर्क करके देख चुके थे कि अबकी भी जीतना सम्भव नहीं है। लिहाजा सोशलिस्टों की तरफ से अन्तिम दिन के अन्तिम क्षणों में प्रभुनारायण सिंह का पर्चा दाखिल कराया गया।

अबकी पार्टी ने निर्णय लिया कि वह शहर के बाहर देहात में अपने सिद्धान्तों का प्रचार करेगी–'कम्युनिज़्म' को जनता के बीच ले जाएगी, उसे समझाएगी लेकिन इसके लिए कोई प्रभावशाली उम्मीदवार होना चाहिए–जिसे लोग जानते हों और जिसकी प्रतिष्ठा हो। नामवर सिंह उन दिनों काशी विश्वविद्यालय के हिन्दी विभाग में 'लोकप्रियता' के शिखर पर थे और उसी चंदौली क्षेत्र के रहनेवाले थे। वे सन् 52-53 से ही पार्टी के सम्पर्क में थे, लेकिन चुनाव लड़ने की बात उनके दिमाग में न आई थी। काफ़ी सोच-विचार के बाद पार्टी ने उन्हें उम्मीदवार बनाने का फैसला किया।

विभाग का हाल यह था कि जो लोग अध्यक्ष आचार्य द्विवेदी के खिलाफ थे, वे नामवर के खिलाफ थे ही, वे भी ईर्ष्यावश उनके खिलाफ थे जो द्विवेदी जी के प्रिय थे। विश्वविद्यालय प्रशासन में उन्हीं की पैठ भी थी। भैया ने जब घर में चर्चा की तो पिताजी, माँ, मँझले भैया अलफ। पिताजी क्षेत्र को जानते थे और चुनाव का नतीजा भी। नतीजा तो भैया भी जानते थे, लेकिन सवाल पार्टी के आदेश का था। साथ में पैसा भी न था। अधिक-से-अधिक एक जीप उनके सम्पर्क में थी, लेकिन उसके लिए भी पेट्रोल चाहिए था।

बहरहाल, घर की राय के खिलाफ चुनाव लड़ गए।

वे दिन मुझे याद हैं जब विश्वविद्यालय से लोलार्क कुंड और लोलार्क कुंड से गोदौलिया आने-जाने को छोड़कर रात-दिन पढ़नेवाले और अमन-चैन

की ज़िन्दगी बसर करनेवाले नामवर ने दो-ढाई महीने तक न रात को रात जाना, न दिन को दिन। जाड़े का मौसम। धूल में अँटा पड़ा शरीर। बिखरे बाल। न ठीक से खाना न पीना। रात को कभी दो बजे, कभी भोर में चार बजे आते थे, डाक देखते थे और फिर जीप से वापस। कभी सोते या बिस्तरे पर लेटते मैंने नहीं देखा।

विद्यार्थियों, लेखकों, पाठकों, बुद्धिजीवियों के बीच उन्होंने बड़े भाषण दिए हैं, काश, गाँव की अपढ़ जनता के बीच दिए गए वे भाषण आज हमारे पास होते !

लोगों ने वोट तो नहीं दिए, लेकिन वे भाषण आज भी याद रखे हुए हैं।

मुझे याद नहीं कि विश्वविद्यालय से निष्कासन की सूचना उन्हें चुनाव लड़ने के दौरान ही मिली थी या बाद में। बहरहाल, हार के बाद वे पार्टी ऑफिस से घर आए थे—थके-माँदे। मैंने आज तक ऐसे किसी आदमी की कल्पना नहीं की थी जिसके सारे दुखों, सारी परेशानियों, पराजयों, तिरस्कारों और अपमानों का विकल्प अध्ययन हो। चुनाव हारने और अच्छी-खासी नौकरी जाने का सियापा घर में हो और वह आदमी खर्राटे ले रहा हो या कमरा बन्द करके किसी लेख की तैयारी कर रहा हो या पढ़ी गई किताब से 'नोट्स' ले रहा हो।

वे सोने की तैयारी कर रहे थे। उनके हाथ में कोई पत्रिका थी, जिसे जमुहाई लेते हुए उलट-पुलट रहे थे।

'पता नहीं क्यों, भाभी का दिमाग गरम है।' एक बच्ची प्याले के साथ उनके कमरे में आई और चटाई पर बैठ गई।

भैया ने किताब बन्द की—'तो चाय उसी पर गर्म की है क्या ?'

हम लोग उन्हीं के कमरे में चटाई पर बैठकर चाय पीते थे, उन दिनों। अपने कमरे से माँ आई और वह भी चौखट पर बैठ गई—'बचवा, चार-पाँच चम्मच गाँव के लिए भी ले देना है !'

'काहे', मैंने पूछा।

'अरे चुनाव में अबकी रमलोचना गया तो खाते समय चम्मच माँग बैठा। चम्मच था नहीं, कहाँ से देती ? घर की इज्जत चली गई !' माँ कहने लगी।

भैया ने चाय में चीनी मिलाते हुए कहा—'तुम भी क्या बात करती हो माँ ? अब घर की इज्जत आकर चम्मच-भर रह गई है !'

थोड़ी देर बाद बोले—'चीनी में जैसे कुछ मिला हुआ है। जितना भी डालो, चाय मीठी ही नहीं होती।'

'हर चीज़ में मिलावट है, क्या कीजिएगा ?' मैंने कहा।

'ठीक कहते हो। अब तो शुद्ध मूर्ख भी नहीं मिलते। अब (उन्होंने एक नाम लिया) उन्हीं को देखो ! उनमें भी धूर्तता और अविश्वास आ गया है !'

मैंने देखा कि जो परेशानियाँ किसी सामान्य आदमी को भीतर तक तोड़ देती हैं, वे ही उस आदमी को और ज़्यादा 'क्रियेटिव' और मानवीय बना देती हैं ! ऐसे क्षणों में उनमें हास्य और मजाक की क्षमता अद्‌भुत ढंग से निखरकर सामने आती है।

1959 के मार्च-अप्रैल हमारे जीवन के सबसे मुश्किल महीने थे। भैया की नौकरी खत्म हो चुकी थी। मैंने एम.ए. अन्तिम साल की परीक्षा दे दी थी। आगे का क्या होगा, पता नहीं। छात्रवृत्ति मिलती या न मिलती, पता नहीं। मँझले भैया बी.ए. में दूसरी बार फेल हो चुके थे। शहीद गाँव हाईस्कूल में पढ़ा रहे थे, लेकिन 'मैनेजमेंट' से झगड़ा करके अलग हो चुके थे। भैया उस इंटरमीडिएट कॉलेज के सेक्रेटरी थे, लेकिन इन्हीं के मसले पर त्यागपत्र दे चुके थे। पिताजी रिटायर कर रहे थे और चुनाव लड़ने का निर्णय करके जिस तरह भैया ने 'अपने पैर में कुल्हाड़ी मारी' थी, उससे पिताजी नाराज थे और अकेले खोए-खोए रहते थे। बनारस आ नहीं रहे थे और गाँव में अपना दरवाजा छोड़कर कहीं आते-जाते नहीं थे।

विश्वविद्यालय से निकाले जाने का समाचार शहर के उनके समानधर्मा लोगों के लिए जश्न की तरह था ! भैया की जो जगह खाली हुई थी, उसके लिए स्थानीय विद्वानों के सिवा बहुत सारी प्रतिभाएँ जोड़-तोड़ करने और लॉबी बनाने में जुटी थीं। एक तो कोई आता नहीं था, दूसरे जो आते थे, वे भैया को 'दुखी' देखने। 'बाहर से संकुचित, भीतर से फूले-से'। बाहर जाते तो नामवर के 'रोने-धोने' और 'हाय-हाय' करने के मनगढंत किस्से शहर में उछालते।

भैया नियमित शाम को पार्टी ऑफिस जाते। कभी द्विवेदी जी के यहाँ से होते हुए, कभी उधर से लौटते द्विवेदी जी के यहाँ जाते। लेकिन मैंने देखा कि उनकी ज़िन्दगी का यह पहला या कहिए शायद अन्तिम भी—वक्त था जब वे पंडित जी के यहाँ जाने से बचना चाहते थे। और जाना काफी कम भी कर दिया था उन्होंने। पूछने पर कहते—'एक तो पंडित जी खुद

दुखी हैं, दूसरे मुझे प्रत्यक्ष देखकर और दुखी होते होंगे। दूसरे, कहीं ऐसा न सोचते हों और खुद न भी सोचते हों तो दूसरे सोचवाने लगें कि देखो, नौकरी के लिए दौड़ रहा है। मैं उन्हें ऐसी किसी उलझन में नहीं डालना चाहता।'

सबसे विलक्षण बात थी उनका उत्साह। मौसम के विपरीत उनमें अजब उत्साह और जोश था। और यह भी है कि न वह घर को दिलासा देने के लिए था, न दिखावे के लिए, न अपने को बहलाने के लिए।

एक दिन जब वे पढ़ते-पढ़ते थक गए तो उठे और कुछ ढूँढ़ने लगे। किताबों की देख-रेख मेरे जिम्मे थी। मैंने पूछा—'क्या ढूँढ़ रहे हैं ?'

उन्होंने बताया कि अपभ्रंश की एक नई किताब लिखने की सोच रहा हूँ। कुछ नोट्स लेने हैं इसलिए रजिस्टर ढूँढ़ रहा हूँ।

'लेकिन रजिस्टर तो अटेंडेंस के लिए होता है,' मैंने कहा, 'सुना है कि शम्भुनाथ सिंह रजिस्टर पर कविताएँ लिखते हैं।'

'वे उस पर कविताएँ नहीं लिखते, कविताओं की अटेंडेंस लेते हैं।'

वे रोज नाश्ता या भोजन करते समय अपने चुनाव के दौरान घटी घटनाओं, मिलनेवाले लोगों, उनकी बातों के बारे में रोचक किस्से सुनाते—कभी इनके बारे में, कभी उनके बारे में—

—किस तरह लोहिया के गैर-कांग्रेसवाद की कलई खुली ? तय हुआ था कि कांग्रेस को हराने के लिए दोनों पार्टियाँ मिलकर चुनाव लड़ेंगी। लोहिया ने दो महीने अपने लिए प्रचार करके देख लिया तो कम्युनिस्ट पार्टी को मैदान में आने के लिए कहा। कहा कि हम बाहर से मदद करेंगे। और पार्टी के पर्चा दाखिल करने के बाद—जब अन्तिम दिन समय खत्म होने में पाँच मिनट रह गया था तो—प्रभुनारायण का पर्चा दाखिल करवा दिया।

—और भाषणों और प्रचार में उनका दुश्मन कांग्रेस नहीं, जगतनारायण दुबे नहीं, कम्युनिस्ट पार्टी थी। और क्या-क्या हथकंडे अपनाए उन लोगों ने ? प्रभुनारायण बिचारे का घर बिक गया है, लड़कियाँ कुँवारी पड़ी हैं, लाखों का कर्ज हो गया है, ज़मीन-ज़ायदाद गिरवी पड़ी है, हार जाएगा तो राजघाट के पुल से कूदकर आत्महत्या कर लेगा। और नामवर तो अभी बच्चा है, पहली बार अनुभव हासिल कर रहा है। उसके लिए तो अभी बहुत समय पड़ा है, वह तो विश्वविद्यालय में नौकरी भी करता है, वह पढ़ाएगा

कि जनता का दुख-दर्द सुनने आएगा। और वह जात-पाँत मानता नहीं, कम्युनिस्ट है। ठाकुर तो परभू बाबू हैं।

—तो नतीजा तो हमें मालूम था लेकिन सोशलिस्टों को 'एक्सपोज़' करना था, सो किया। पार्टी के लिए जमीन तैयार हो गई हैं। सैकड़ों नौजवान कार्यकर्ता तैयार हुए हैं। बस उन्हें संगठित करने-माँजने की ज़रूरत है। हर गाँव में और हर जगह लोगों ने कहा—'बचवा, अबकी जाने दो। हाँ, दूसरी बार का पक्का समझो! परभू भी तुम्हारा ही भाई-बन्द है। बेघर हो गया है। भिखारी हो गया है। उसका मुँह नहीं देखते! मर जाएगा। पाप न कराओ हमसे। लेकिन अगली बार, स्टाम्प पर लिखा लो।'

—ऐसे भी लोग थे जो कह रहे थे—'बचवा, अरे खड़ा ही होना था तो किसी दूसरी पाल्टी से खड़े होते।'...लाख समझाओ लेकिन कोई असर नहीं।

वे इतने उत्साहित थे कि उन्होंने पार्टी टिकट मिलने पर दूसरी बार चुनाव लड़ने का फैसला किया था। इसीलिए वे कभी-कभी इतवार को क्षेत्र में लोगों से मिलने-जुलने और सम्पर्क बनाए रखने के लिए जाने भी लगे थे।

'एक ओर दूसरी पार्टियों का खर्च ! और पता है, हमने कितने में इतना बड़ा चुनाव लड़ा ? सिर्फ पाँच हजार ! इनमें बारह सौ मेरे थे, सोचो, सिर्फ एक जीप !'

'रोटी-नमक, रोटी-प्याज, जाड़े में सिर्फ एक कम्बल, ओढ़ो भी-बिछाओ भी, ठंड ज़्यादा लग रही है तो गाँव के किनारे या बीच में पेड़ पर भोंपू लेकर बैठ जाओ—'हँसिया-बाली जिन्दाबाद !' साइकिल मिली तो मिली, नहीं पैदल, जिले-भर का चप्पा-चप्पा छान रहे हैं। ऐसे-ऐसे घर, ऐसे-ऐसे आदमियों को देखा मैंने काशी कि क्या बताएँ ? जब भूख बर्दाश्त न हो और घर में कुछ न हो तो सुर्ती फाँको।' (उन्हे भी पान के अभाव में सुर्ती की लत चुनाव के दौरान ही पड़ी।)...

इसके बाद जब किताब उठाते तो यह सारा कुछ थाली के साथ ही छूट जाता।

पहली मई को 'मई दिवस' था।

पहली मई उनका जन्मदिन था।

पहली मई से उनकी नौकरी खत्म हो रही थी।

लेकिन वे बातें कर रहे थे जनता के बारे में, लोगों के बारे में। वे जैसे जनता को आर-पार देख रहे थे। वह उनके आगे आईने की तरह साफ हो चली थी। उम्मीद की जा रही थी कि हारने के बाद औरों की तरह या जैसा रामजी भैया कर रहे थे—वे भी जनता को गालियाँ देंगे, उसकी भर्त्सना करेंगे, मूर्ख और जाहिल कहेंगे लेकिन ऐसा नहीं था। उसे लेकर उनके भीतर एक दर्द, एक पीड़ा, एक लाचारी थी। वे उसके बारे में बातें करते हुए बेचैन हो उठते थे—'माई, बाबू, भउजी, बचिया, चचिया, ससुर; मेहरारू, तोहरा क, हमनी क, लुग्गा, दिसा फराकित, के हौ...' एक साँस में जाने कितने ऐसे शब्द बोलते गए—'यह है ग्राम-कथा। थोड़ा-सा नाच-गान, कुछ देवी-देवता, कुछ लोकगीत और फिर थोड़ी-सी पंचवर्षीय योजना की झलक। ग्राम-कथा हो गई। एक सज्जन हैं जिनके पास तो कहानी की भाषा ही नहीं है। शोध-ग्रन्थ की भाषा—बाणभट्ट, भिखारी ठाकुर कदम ताल चलते हैं उनके यहाँ। हाँ, मार्कण्डेय लिख सकते थे, उनमें कहानी का 'सेंस' है मगर वे चालाकी या चतुराई से बाज नहीं आते। पता नहीं तुम्हें याद है या नहीं—हमारे गाँव में एक पंचायत हुई थी; कालू गोंड, बूधा गोड़िन की। बगीचे में पन्द्रह दिनों तक होती रह गई थी।...हमारे यहाँ पूरब गाँव की छनहर थी। गाय-बैल महीनों तक वहीं बँधते थे। मड़ई लगती थी। हम कँकड़ी अगोरते थे। याद है कुछ ? बरसात में घूम-घूमकर करेम का साग खोंटते थे। कौड़िया मिसाव होता था, और भी जाने क्या-क्या ? कहीं ये चीजें भी नहीं हैं इनमें ?'

'दरअसल इन ग्राम-कथाओं को स्वीकृति क्यों मिल गई, जानते हो ?'

वह चटाई पर घुटनों के बल बैठकर सुर्ती मल रहे थे—'जिन दिनों अमेरिका में विचारोंवाली कहानियाँ लिखी जा रही थीं और लोग किसी विचार को लेकर कोई फार्मूला तैयार कर रहे थे, उसी बीच शेरवुड ऐंडरसन ने 'वाइन्सबर्ग ओहायो' में एक छोटे-से कस्बे के लोगों के जीवन्त स्केचेज़ दिए। लोगों को यह नई चीज दिखी, लोग उधर ही झुक गए। वह नई कहानियों का बाप बन बैठा। इन ग्राम-कथाकारों की भी सफलता का यही रहस्य है, बस।'

वास्तव में राजेन्द्र यादव और मोहन राकेश ने भी वही किया जो सन् 40 के बाद के कहानीकारों ने किया था, किन्तु इनके विचार और फार्मूले कुछ दूसरे ढंग के हैं।

मैंने जिज्ञासा की—'आप कभी कहानी या उपन्यास लिखने के बारे में

नहीं सोचते ?'

'नहीं लिख सकता। लिखूँगा तो असफल हो जाऊँगा।'

'मुझे तो ऐसा नहीं लगता।'

'वातावरण शायद दे लूँगा, लेकिन डायलॉग नहीं बनेगा मुझसे।'

'जबकि मेरा ख्याल इसके उल्टा है। आप डायलॉग ही अच्छा लिख सकते हैं।'

'यही तो। मेरे डायलॉग पात्र के डायलॉग होंगे ही नहीं, मेरे ही रह जाएँगे। स्वाभाविकता नहीं आएगी। जैसा गोर्की में था। बड़े बनावटी लगते हैं उनके संवाद।'

उनके चेहरे पर शिकन तक नहीं थी और माँ और हम दोनों भाई भविष्य को लेकर बेहद परेशान चल रहे थे। माँ की समस्या अलग। ज़्यादातर वह शहर में रही थी; जब गाँव पर रहना पड़ेगा तो वह कब तक छिपाएगी कि बड़े बेटे की नौकरी छूट गई। सुनकर हँसेंगे लोग। रामजी भैया कहते थे कि यहाँ रहते हुए नौकरी ढूँढ़ी जा सकती थी लेकिन गाँव में तो पता भी नहीं चलेगा। हम हॉस्टल या लॉज में रह तो लेंगे लेकिन खर्च कहाँ से देंगे ? स्कॉलरशिप मिलेगी या नहीं और मिलेगी तो कब से, पता नहीं।

मुहल्ले के दोस्त-मित्र ऐसे मिलते थे जैसे अब भेंट नहीं होगी। अगर कभी शहर में रहना भी हुआ तो ऐसा मकान मिलेगा नहीं। शहर के बीच। गंगा पास में। बगल में ऐसा चौराहा। हम तो उसे छोड़ना नहीं चाहते थे। पूरी व्यवस्था अस्त-व्यस्त हो जाएगी। पिताजी का भय और आतंक अपनी जगह। हमें इन सारी चीजों को सोचकर रुलाई छूटती। प्रायः गुमसुम रहते हम लोग। माँ थी जो अपने स्वभाव के हिसाब से जितना रोती, उससे अधिक गाती। मायूसी के बावजूद घर में माँ ही शक्ति थी और स्फूर्ति भी।

भैया के बनारस के इकलौते दोस्त थे नगेन्द्रप्रसाद सिंह, जो आज इस शहर के सबसे बड़े और सम्मानित वकीलों में हैं। उन्होंने सलाह दी कि विश्वविद्यालय से निष्कासन अवैध और गलत है। 'स्टे' आसानी से मिल सकता है, चलो!

दूसरे दिन भैया को लेकर वकील साहब और रुस्तम सैटिन इलाहाबाद गए। हाईकोर्ट के नामी वकील कन्हैयालाल मिश्र तब जीवित थे। ये लोग उनसे मिले। मिश्रा जी ने सारी बातें सुनने के बाद इन्हें आश्वस्त करते हुए

आलोचना करे। बाजपेयी जी आयोजनों में अपने समर्थकों की पूरी पलटन के साथ जाते थे और नामवर से भी एक सिपहसालार होने की उम्मीद करते थे।

भैया के रुख से लग गया था कि बात बनेगी नहीं।

उन्हीं दिनों किन्हीं प्रसंगों में बाजपेयी जी की बनारस की दो-एक यात्राएँ हुईं। डॉ. रामअवध द्विवेदी के घर की गोष्ठियों ने विद्वानों से मुलाकात का सुयोग भी जुटाया। नामवर सागर में चैन की बंसी बजाएँ, यह कैसे हो सकता था ? जर्दे के शौकीन बाजपेयी जी को 'बाबा' की कई अव्वल डिब्बियाँ भेंट की गईं। बाजपेयी जी पान घुलाते और मुस्कुराते हुए विदा हुए तो स्थानीय विद्वानों के चेहरे पर खिलान आई।

इन सारे भावों, विभावों और अनुभावों का संयोग घटित हुआ, '60 में हुए 'मध्य प्रदेश हिन्दी साहित्य सम्मेलन' के अधिवेशन में और इसकी निष्पत्ति हुई सागर विश्वविद्यालय से भी नामवर सिंह के निष्कासन में।

30 अप्रैल, 1960 को सागर से लिखा उनका पत्र मिला—

'आज से सागर विश्वविद्यालय में मेरी नौकरी खत्म। 26 अप्रैल को अचानक मुझे रजिस्ट्रार का पत्र मिला। कारण एकदम अज्ञात। पत्र में कुछ नहीं बताया गया है।

घबड़ाना मत। मेरा चित्त एकदम स्थिर है। मेरी ही तरह तुम भी इसे सहज भाव से स्वीकार करना।

मकान छोड़ने या नया मकान लेने की बात, आने पर।'

वे जब सागर से बनारस लौटते हुए इलाहाबाद पहुँचे और अख़बार देखा तो पता चला कि काशी विश्वविद्यालय के आचार्य हजारीप्रसाद द्विवेदी भी निष्कासित हो गए हैं।

क्या संयोग था ? एक ही समय एक विश्वविद्यालय से गुरु निकाला गया और दूसरे विश्वविद्यालय से शिष्य।

भैया सीधे घर आए, सामान पटका, हाथ-मुँह धोया और कहा—'चलो, पंडित जी के यहाँ पहले हो लें।'

रास्ते में बोले—'काशी, मैंने तय कर लिया है कि भविष्य में कभी कहीं भी अप्लाई नहीं करूँगा।'

यह उनकी तीसरी कसम थी।

फिर वही बनारस, फिर वही अस्सी चौराहा, फिर वही अस्सी से लेकर गोदौलिया तक की सड़क, फिर वही लोलार्क कुंड।

अब की भैया जून '60 से लेकर जनवरी '65 तक यहीं रहे। न कोई नौकरी, न व्यवसाय, न धन्धा। वही किताबें, वही पन्ने, वही कलम। अपने टूटे पैर के साथ माँ अस्पताल से घर आ गई थी। मँझले भैया नौकरी की ओर से निराश हो चले थे। फर्क इतना ही आया था कि भैया के 100 रुपए आने तो बन्द हो गए थे, लेकिन मुझे अपने वजीफे के उतने ही रुपए मिलने शुरू हुए थे। द्विवेदी जी के साथ मेरे रिसर्च का साल-भर पूरा हुआ था, एक साल और बाकी था लेकिन वे बनारस छोड़ चुके थे।

ये दिन थे जब मैं होश में था, समझ आने लगी थी। अगर उन साढ़े चार-पाँच वर्षों को—उनके हर एक दिन को पन्ने की तरह जिल्द में बाँध सका होता तो क्या बात थी ?

मैं असल नामवर को देख रहा था—मुझे याद नहीं कि सागर से लौटने पर नगर का कोई साहित्यकार-लेखक घर आया हो और सहानुभूति की तो बात दीगर, यही जानना चाहा हो कि सागर में कैसी गुजरी, कैसे क्या हुआ ? जो शख़्स पिछले दस सालों तक नगर की जबान रहा हो, हमेशा दस लोगों से घिरा रहा हो, जिससे बहस करने, सलाह-मशविरा करने दिन-भर लोग आते रहे हों—वही नामवर अब एकदम अकेला था—लेकिन चेहरे पर कहीं कोई तनाव नहीं, थकान नहीं।

वही अस्सी चौराहे पर केदार की चाय की दुकान, पहले की तरह अस्सी से गोदौलिया की पदयात्रा, कोई मिला तो मिला, नहीं अकेले; जेब में पैसे नहीं लेकिन गर्व से तना हुआ सिर, आत्मविश्वास इतना कि धरती का बड़ा-से-बड़ा आदमी ठेंगे पर, वही सफेद लकदक कुर्ता-धोती, वही गोदौलिया पर 'दी रेस्टोरेंट' की शाम और पार्टी-दफ़्तर।

फर्क आया था यह कि पहले जहाँ किसी के चाय पिलाने या पान खिलाने पर खा-पी लेते थे, वहीं अब बेहद सावधान हो गए थे। कहीं कोई यह न समझे या बाद में कहे कि अहसान या कृपा कर रहा हो। ऐसे ही पहले जहाँ गोदौलिया रिक्शे पर अकेले आया-जाया करते थे, वहाँ अब पैदल जाते थे—रिक्शे पर, किसी और के पैसे से नहीं। वे किसी को कुछ भी कहने का मौका नहीं देना चाहते थे।

एक घटना मुझे नहीं भूलती। कभी नहीं भूली। मैंने अपने वजीफे के पैसे से एक साइकिल खरीदी और पैसे बचे थे, क्योंकि कई महीने के पैसे

पेट फुलाए पंडित से बातें कर रहे हैं—घंटे-भर से। लौटकर बाद में बताते थे कि यह पंडित मधुसूदन शास्त्री थे। 'काव्य प्रकाश' या 'ध्वन्यालोक' के विषय में कुछ पूछना था।

उन दिनों इन लोगों के बीच एक शब्द चला था—'ज़ायका'। ज़ायका माने स्वाद। वह आदमी जो मूर्ख हो और जिसे पता न हो कि वह मूर्ख है और जिससे मिलने पर इतनी बोरियात हो कि ज़ायका खराब हो जाए—'ज़ायका बिगाड़ाधीश' कहा जाता था। धीरे-धीरे इस मंडली ने 'ज़ायका' को दार्शनिक अर्थ भी दे डाला। 'ज़ायका' एक सार्वदेशिक, सार्वकालिक और सार्वजनीन तत्त्व हुआ। यह थोड़े-बहुत अनुपात में हर किसी में और हर जगह होता है। कभी-कभी उग्र रूप भी धारण कर लेता है। ज़ायका देश के किसी भी कोने में और किसी भी काल में मिल सकते हैं। बोर करने और मूर्ख होने की मात्रा के आधार पर इसकी कई कोटियाँ बनी थीं।

जब ये लोग सामने से आते हुए किसी ऐसे आदमी को देखते जो और कुछ भी न करे तो कम से कम इन लोगों की बहस में बाधा डालता हुआ कुशल-क्षेम, मौसम, भीड़-भाड़, शहर की गन्दगी के ही बारे में बातें करके दस-पन्द्रह मिनट चाट डाले, तो कहते—'ज़ायका आ रहा है, उधर मत देखो।' मगर ऐसे 'ज़ायका नरेश' भी थे जिनसे बच के आप कहीं जा नहीं सकते थे। ये 'कवि-लेखक' हुआ करते थे जो इन्हीं लोगों की तलाश में निकलते थे। ये लोग चाहें, न चाहें, वे साथ रहेंगे ही। ये बचने के लाख बहाने करते लेकिन वे पिंड नहीं छोड़ते।

'ज़ायका' की इन्हीं कोटियों में सर्वोच्च कोटि थी—'ज़ायका चक्रवर्ती' की। यह सम्मान केवल एक लेखक को दिया गया था जिसे अपनी दस-बारह पृष्ठों की कहानियाँ तक कंठस्थ रहती थीं और जो दुनिया के किसी भी विषय पर होनेवाली बात को खींचकर जबरन अपने कहानी-पाठ पर ले आता था।

नामवर और केदार दोनों एक-दूसरे पर तोहमत लगाते रहते थे—

'ज़ायकाओं से घिरे रहते हैं आप।'

'आपकी सूरत तो देखा चाहिए।'

काम करने का ढंग उनका अपना था। पढ़ते समय हाथ में पेंसिल रहती। किताब खत्म कर लेने पर डायरी में वे ज़रूरी नोट्स लेते और फिर वह किताब अपनी जगह। वे नाश्ते और भोजन और शाम को छोड़कर

बराबर पढ़ते। अगर कुछ लिखना हुआ तो शाम का घूमना भी छोड़ देते। यह सिलसिला रात के बारह-एक तक नियमित चलता। उन्हें इस तरह पढ़ते देखकर एक बार मैंने पूछा था कि क्या और लेखक भी इतना पढ़ते हैं ? उन्होंने राहुल जी और अज्ञेय का नाम लिया था—यह कहते हुए कि शायद राहुल जी से तो अब इतना नहीं होता, लेकिन वात्स्यायन जी इससे ज़्यादा ही पढ़ते होंगे, कम नहीं।

लेकिन जब उन्हें लिखना होता तो खाना-पीना, रात-दिन का उनके लिए कोई मतलब नहीं रह जाता। लिखने से पहले की तैयारी अजब होती। वे बेचैन-से रहते—कभी लाइब्रेरी से किताबें मँगवाते, कभी 'ग्लोबबुक सेंटर' या 'पीपुल्स बुक डिपो' जाते, कभी घर में ऊपर-नीचे छान मारते—किताबें-पत्रिकाएँ। कभी पता करने के लिए ऐसे लोगों के यहाँ भी चले जाते, जिन्हें घोर नापसन्द करते थे। उस दौरान वे किसी भी लेखक, चाहे वह युवक हो या उनके हमउम्र, से मिलते तो उन्हीं चीजों के बारे में बातें करते जिनके बारे में लिखना होता। कोई नहीं मिलता तो वे भोजन के समय मुझी से बतियाते—यह एकालाप-सा होता। ऐसा लगता जैसे उलझी हुई किसी चीज को सुलझा रहे हों। वे जब तक उस समस्या या विषय के बारे में स्पष्ट नहीं हो लेते, तब तक लिखना शुरू नहीं करते।

उन दिनों उन्होंने भैरवप्रसाद गुप्त की 'नई कहानियाँ' के लिए 'हाशिए पर' स्तम्भ लिखना शुरू किया था।

वे प्रायः खाने-पीने के बाद रात के बारह बजे दीवार की ओर मुँह करके घुटनों के बल बैठ जाते। हाथ में क़लम होती और घुटनों पर पैड। कागज बिना लाइनों का कोरा होता। उनके लिए सबसे मुश्किल होता पहला वाक्य। उन्हें जितना भी वक्त लगता, पहला वाक्य लिखने में लगता ! उस जमाने के ऐसे सैकड़ों फुलस्केप पन्ने मिलते हैं जिन पर एक ही वाक्य थोड़े-बहुत हेर-फेर के साथ है—बाकी पन्ना सादा। पहला वाक्य मिल गया और सिलसिला चल निकला, तो उस तरह के स्तम्भ चाहे 'हाशिए पर' के रहे हों, चाहे 'नई कविता पर क्षण-भर' के—एक 'सिटिंग' में लिखे जाते थे। प्रायः वे सुबह लेख खत्म करके आठ-नौ बजे तक तख्त से उठते थे और नहा-धोकर सो जाते थे।

उठने के बाद जो भी पहला आदमी—उनकी पसन्द का समझदार

'खंड' के रूप में नहीं, 'समग्र' के रूप में देखने की दृष्टि दी थी और एक 'गम्भीर दायित्व' की शक्ल में उन्हें विकसित किया था।

नामवर को जाननेवाले जानते हैं कि वे कविताएँ लिखते थे, कविताएँ छोड़ दीं, ललित निबन्ध लिखते थे, उन्हें भी छोड़ दिया, कहानी-उपन्यास कभी लिखे नहीं, शुरू की आलोचनाएँ। आलोचना की एक सीमा होती है, उसका अपना अनुशासन है। आलोचना की उस सीमा और अनुशासन के सामने खड़ा है विविध अनुभवों और कठोर संघर्षों से समृद्ध नामवर का जीवन, जो बार-बार आलोचना के दायरे पर चोट करता है, उसे तोड़ता है, झकझोरता है। उनका अनुभवसम्पन्न जीवन अपने को व्यक्त करने के लिए आलोचना के 'आलम्बन' में अपने लिए 'आश्रय' ढूँढ़ता है। इसीलिए आलोचना के फार्म में जब मुझे कविता, निबन्ध, कहानी के किस्से की जमीन दिखाई पड़ती है, तो आश्चर्य नहीं होता।

लेकिन 'दूसरी परम्परा की खोज' में तो उन्होंने हद कर दी है। सब जानते हैं कि सन् '51 में काशी विश्वविद्यालय में आने के बाद पंडित जी को जो भी पीड़ा थी, मानसिक पीड़ा थी या बुढ़ापे में काशी छोड़ने की पीड़ा रही होगी। आर्थिक कष्ट नहीं हुआ उन्हें। बेकारी नहीं काटी। विरोध का भी एक स्तर था। समझौते भी कम नहीं किए उन्होंने। 'ब्राह्मण समाज' में पंडित जी अछूत रहे हों या न रहे हों लेकिन 'ठाकुर समाज' में नामवर क्या थे, यह किसी से छिपा नहीं है। इसे वह भी जानते होंगे कि 'सागर', 'जोधपुर', 'दिल्ली विश्वविद्यालय का साक्षात्कार'—किस जगह उन्हें बख्शा इस 'समाज' ने ?

उन्होंने पंडित जी के प्रसंग में प्रसाद के चाणक्य का एक संवाद सुनाया है—'आनन्द समुद्र में शान्तिद्वीप का अधिवासी ब्राह्मण मैं, चन्द्र, सूर्य, नक्षत्र मेरे द्वीप थे, अनन्त आकाश वितान था, शस्य श्यामला कोमला विश्वंभरा मेरी शय्या थी, बौद्धिक विनोद कर्म था, सन्तोष धन था। उस अपनी ब्राह्मण की जन्मभूमि को छोड़कर कहाँ आ गया ? सौहार्द्र के स्थान पर कुचक्र, फूलों के प्रतिनिधि काँटे, प्रेम के स्थान पर भय। ज्ञानामृत के परिवर्तन में कुमंत्रणा।'

वे हमें 'चन्द्रगुप्त' नाटक पढ़ाते थे और सन् '53 से '59 तक काशी विश्वविद्यालय में हिन्दी पढ़नेवाला हर विद्यार्थी जानता है कि यह उनका

कितना प्रिय और आत्मीय संवाद था। शायद यही वजहें थीं कि 'उदय प्रताप कॉलेज' के प्राचार्य जब गोरखपुर विश्वविद्यालय से कॉलेज में शोध केन्द्र खोलने की अनुमति ले आए तो उचित व्यक्ति की तलाश करते हुए उन्हें नामवर का नाम सूझा। उस समय वे दिल्ली में रोजगार के सिलसिले में भटक रहे थे। उन्हीं दिनों प्रिंसिपल का सन्देश उन तक पहुँचा। उन्होंने अपना उत्तर भिजवाया—'निमन्त्रण के लिए धन्यवाद ! इस काम के लिए और भी क्षत्रिय मिल जाएँगे आपको। बस !'

ऐसे ही जब '74 में 'मानस चतुश्शती समारोह' के सिलसिले में दिल्ली से बनारस आए तो विश्वविद्यालय ने अन्य विद्वानों के साथ उन्हें भी ताम्रपत्र देकर सम्मानित किया। कुलपति डॉ. कालूलाल श्रीमाली अनेक कारणों से हिन्दी विभाग से क्षुब्ध थे और चाहते थे कि बाहर से ही सही, कोई जाना-माना विद्वान आ जाए तो इस विभाग की गरिमा लौट आए।

श्रीमाली ने आयोजन के बाद ही नामवर सिंह से सम्पर्क किया और उनसे यहाँ आने और नए सिरे से हिन्दी विभाग को बनाने का प्रस्ताव रखा।

भैया जब लौटकर आए तो मैंने कहा—'चले क्यों नहीं आते ?'

उन्होंने उसी तरह निर्विकार भाव से कहा—'ठाकुरों-बामनों की पॉलिटिक्स करने आऊँ यहाँ ? जे.एन.यू. में बहुत मजे में हूँ।'

मेरी याददाश्त में उन्होंने सिर्फ एक बार डॉ. जगन्नाथप्रसाद शर्मा की चर्चा की थी। वह भी अपने प्रसंग में नहीं, पंडित जी के प्रसंग में। वह भी दिसम्बर, '62 को जब वी.के. कृष्णमेनन ने प्रतिरक्षा मन्त्री-पत्र से त्यागपत्र दिया था। वे नहाने के बाद खड़े होकर बालों में कंघी कर रहे थे और मैं खाना खा रहा था।

मैंने पूछा—'आज का रूसी साहित्य जो सामुदायिक खेती और पंचवर्षीय योजनाओं पर लिखा जा रहा है, उसके बारे में क्या सोचते हैं आप ?'

'इस समय तो मैं अपने बालों की रूसियों के ही बारे में सोच रहा हूँ।' वे उसी तरह गम्भीर रहे।

जब उनके दिमाग में पहले से किसी विचार का सिलसिला चलता है तो वे इसी तरह बात को टाल जाते हैं।

'मोरारजी वगैरह ने पंडित नेहरू से कृष्णमेनन का सिर माँगा और उन्होंने दे दिया। वैसे ही जैसे डॉ. शर्मा ने अपने हेडशिप के लिए द्विवेदी जी का सिर माँगा था और उन्हें दे दिया गया था।...सलोमियों की कमी नहीं है इस दुनिया में।'

कोई भाग उठाते और पढ़ते रहते।

25 दिसम्बर को उन्होंने कहा–'कोई समाजवादी देश भी किसी समाजवादी देश पर आक्रमण कर सकता है–यह लेनिन के एक पत्र से स्पष्ट है। इसे एंगेल्स ने भी लिखा था बहुत पहले।'

इसके बाद बोले–'चीन के आक्रमण की घटना विश्व की ऐतिहासिक घटना है। ऐसा कभी नहीं हुआ था। पर सबसे अच्छी कविता वही लिख सकता है जो एक सच्चा देशभक्त हो, जो अपने को नेहरू की स्थिति में रखकर सोचे। कोई कम्युनिस्ट ही ऐसी कविता लिख सकता है।'

'62-'63 ई. के सन्दर्भ में एक और प्रसंग उल्लेखनीय है। जातक कहानियों में आता है कि वाराणसी में बह्मदत्त के राज्य करते समय बोधिसत्व ने अमुक योनि में जन्म लिया। वह योनि पशु, पक्षी, पेड़ मनुष्य किसी की भी होती थी। वे जन्म लेते थे और सृष्टि के कल्याण के लिए अच्छा से अच्छा काम करते थे। उन कार्यों में अड़ंगा डालते हुए बोधिसत्व का प्राण लेने की कोशिश करता था देवदत्त। यह देवदत्त बोधिसत्व का जन्मजात जानी दुश्मन हुआ करता था।

यह देवदत्त ब्रह्मदत्त के समय ही नहीं पैदा होता था, कबीर, तुलसी, प्रेमचन्द के समय भी पैदा हुआ था। जिस मुहल्ले में नामवर रहते थे, उसी मुहल्ले में तुलसीदास भी थे और मुहल्लेवाले ब्राह्मणों ने सिर्फ उन्हें ढेलों-पत्थरों से मारा ही नहीं था, गधे पर बिठाकर घुमाया भी था। इसी तरह बनारस को समझने के बाद मेरी पक्की राय है कि घाट पर भोर में लेटे कबीर को ज्ञान गुरु रामानन्द के चरणों से छू जाने के कारण नहीं हुआ, वे रामानन्द के पास गए होंगे, शिष्य बनने के लिए। बड़ी चिरौरी-विनती की होगी, गिड़गिड़ाया होगा, 'जोलहा' को म्लेच्छ समझकर गुरु ने दुरदुराया होगा, कोई रास्ता न देखकर थक-हारकर कबीर ने पैर पकड़ा होगा, और क्रुद्ध महात्मा ने पिंड छुड़ाने के लिए दो-चार लात जमा दी होगी। इसके बाद तो ज्ञान के लिए क्या बच रहता है ?

नामवर के समय यह देवदत्त एक ग्राम कथाकार की योनि में पैदा हुआ था। भारत-चीन युद्ध के समय से ही पार्टी के लोग या तो 'अंडरग्राउंड' हो रहे थे या गिरफ्तार किए जा रहे थे। देवदत्त के लिए यह एक सुनहला अवसर था। संयोग से उसका रिश्तेदार या मित्र खुफिया विभाग में अफ़सर

होकर आया था और गिरफ्तारी के मोर्चे पर बेहद सक्रिय था। ऐसे ही मौके होते हैं अपना सी.आर. ठीक करने और प्रमोशन पाने के।

इन्हीं दिनों देवदत्त के साथ दो ऐसी मानवीय घटनाएँ घटी थीं, जिन्हें वे टाल नहीं सकते थे। इनमें एक थी—चीन, माओ, लू शुन वगैरह को गालियाँ बकता 'धर्मयुग' में छपा उनका लेख। यह कोई ऐसी अनहोनी बात नहीं थी और उन्हें तो ऐसा लिखने के लिए सोचने की भी ज़रूरत नहीं थी। बहुत सारे लोग लिख रहे थे ऐसा। मगर दूसरी घटना थोड़ी नाजुक भी थी और पेचीदा भी। मामला देवदत्त के दिल का था। दिलदार के तरफदारों ने शाम के धुँधलके में किसी जगह 'नहीं-नहीं' में भी दो-चार हाथ दे दिया था। बात जमाने में फैल रही थी और उसे रोका भी नहीं जा सकता था। यह दूसरी घटना उन्हीं के लेख आने के महीने-दो महीने बाद घटी थी।

बदनामी से अपने बचाव के लिए देवदत्त के सामने सिर्फ यही रास्ता था कि इस घटना को लेख से जोड़ दें—और जब नामवर जैसा देशद्रोही कम्युनिस्ट इसी नगर में हो तो इसमें अड़चन किस बात की ?

लिहाजा खुफिया पुलिस को नामवर की तलाश महसूस होने लगी।

नामवर बिचारे हैरान। जिसकी उन्हें जानकारी नहीं, वह उनके माथे। उन्होंने माओ के सारे भाग, 'चाइनीज लिटरेचर' के सभी अंक, रूस-चीन विवाद के कागजात ढूँढ़-ढूँढ़कर स्थानांतरित करने शुरू किए। कई रातें इधर-उधर भी काटीं। उन्हें डर जेल का नहीं था, पिटवाने जैसे गन्दे आरोप का था, जिसकी सात जन्म में कल्पना भी नहीं कर सकते थे। यह देवदत्त के मारक प्रयत्नों का एक नमूना है। इसी स्तर के प्रयत्न वे उस समय भी करते थे जब नामवर यहाँ हिन्दी विभाग में पढ़ाते थे और इसके बाद भी—जब वे बनारस में नहीं हैं। इसमें देवदत्त की धुली-पुँछी भव्य छवि बड़ी मददगार रही है।

खैर, जब मामला ठंडा हुआ तो घर आए। एक नए रिश्तेदार आए थे जिनकी खातिरदारी में रोज सुबह नाश्ते के लिए चाय के साथ पकौड़ी, काजू, अंडे, नमकीन वगैरह बन रहे थे। मेहमान जब चले गए तो चाय के साथ वही कच्चे भिगोये चने।

देखते ही खिल गए, बोले—'क्यों मित्र ? कहाँ चले गए थे तुम ? हमें इस तरह छोड़ के !'

जाड़े की धूप। नहाने के पहले चटाई पर बैठकर भैया तेल-मालिश कर रहे थे।

'देखिए, यहाँ कैसी उजली और चटख धूप है लेकिन मैंने सुना है कि इलाहाबाद में गुलाबी धूप होती है।' मैंने कहा।

वे बोले—'इलाहाबाद में मैदान या सड़कों पर कुछ नहीं होता। जो कुछ भी होता है लोगों के दिमाग में। वहाँ आन्दोलन और विद्रोह भी लोगों के दिमाग में ही होते हैं।'

'तुम क्या पढ़ रहे हो इस समय ?' मेरे हाथ में एक किताब देखकर उन्होंने पूछा।

'कज्जाक।' मैंने तोलस्तोय की किताब दिखाई।

'क्या किस्मत होती है आलोचक की। तुम तोलस्तोय को पढ़ने के लिए स्वतन्त्र हो और मैं कचरा कहानियों को पढ़ने के लिए अभिशप्त !'

इसके बाद वे बैठ गए—'इवान इलिच की मृत्यु' पढ़ी है तुमने ? उसे फिर से पढ़ो। जब इवान जीवित था तो मरा हुआ था और जब उसे लगा कि मरनेवाला है, उसकी मौत आ गई तो वह चौंका—'अरे, क्या मैं मर जाऊँगा ?' उसके इस 'रियलाइजेशन' का क्षण ही उसके जीवन का क्षण था। इस अनुभूति के क्षण वह जीवित था, इसके पहले मृत। वह सोचता है कि अगर अब मैं जीता तो अपनी ज़िन्दगी नए सिरे से शुरू करता। एक तरफ यह लालसा, दूसरी तरफ व्यंग्य यह कि यदि इस कम्बख्त को आगे जीना पड़ा या इसे फिर ज़िन्दगी दे दी जाए तब भी वह ऐसे ही जिएगा जैसे पहले जीता था।

फिर वे कहानी के उन मार्मिक स्थलों के बारे में बोलते रहे जहाँ इवान की आँखों के सामने से सज-धजकर उसकी बीवी या बेटी निकलती है, बेटा आता-जाता है। अपने कहलाने वाले सारे लोग छोड़ देते हैं, रह जाता है गेरासिम नाम का नौकर।

वे कहते-कहते इतने भावविष्ट हो गए कि गए और 'तोलस्तोय की कहानियाँ' पुस्तक ही उठा लाए। उन्होंने 'इवान इलिच की मृत्यु' भी पढ़कर सुनाई और 'नाच के बाद' भी।

किताब बन्द करने के बाद बोले—'देखा ? तोलस्तोय का वर्णन दूसरे कथाकारों के वर्णनों की तरह 'किताबी' नहीं होता। उस समय के फ्रांसीसी

लेखकों की तरह वह किसी एक चीज का 'विश्लेषण' करते-करते गहराई तक चला जाता है। वह किसी भी चीज को ऐसे देखता है जैसे धरती पर पहली बार आनेवाला आदमी। 'आदिम' आँखों से।'

वे देर तक तोलस्तोय की तारीफ करते रहे—'कोई नहीं है दुनिया में इसके जोड़ का !'

एक दिन सबेरे-सबेरे भैया के पुराने विद्यार्थी, उस समय के छात्रसंघ के महासचिव और युवा कहानीकार कामरेड विद्यासागर नौटियाल आए। वे टिहरी में पार्टी का काम भी करते थे और वकालत भी। उन्होंने कोई उपन्यास लिखा था, उसके कुछ परिच्छेद भैया को सुनाए थे।

'नौटियाल साहब ! आप जिस भी चैप्टर को लिखें, यह सोचकर लिखें कि यह आपका पहला और अन्तिम चैप्टर है। प्रायः लेखक ऐसा करते हैं कि लिखते समय उनका ध्यान लिखे जानेवाले परिच्छेद पर नहीं, उसके बाद या अन्तिमवाले परिच्छेद पर होता है। यह गलत है।'

इसी प्रसंग में उन्होंने तोलस्तोय के उपन्यास 'अन्ना कैरेनिना' वाला वह अंश पढ़कर सुनाया, जिसमें गाय बछड़ा ब्याती है।

'देख रहे हैं ? तोलस्तोय ऐसे चित्रण कर रहा है जैसे उसे आगे-पीछे कुछ नहीं लिखना है, वही उसका सबकुछ है।'

अखबारों में भारत-चीन सन्धि की बातें चल रही थीं।

बोले—जब रूस और जर्मनी की सन्धि की बात आई तो एक समस्या उठ खड़ी हुई। कम्युनिस्ट वेस्टकोट पहनते हैं। जर्मनों ने कहा कि हमारे यहाँ लांगकोट पहनकर सन्धि-पत्र पर हस्ताक्षर करने का ट्रेडिशन है।

त्रोत्सी को बुरा लगा। उसने इनकार कर दिया और कहा कि यह कम्युनिस्टों की प्रतिष्ठा का प्रश्न है। उन लोगों ने फोन पर तत्काल लेनिन से सम्पर्क किया।

लेनिन ने कहा--महत्त्वपूर्ण चीज कोट नहीं, सन्धि है। यदि वे कहें कि लांगकोट नहीं, पेटीकोट पहनो तब सन्धि होगी तो हमें उसे भी पहनने से नहीं हिचकना चाहिए।

मेरे साले महेन्द्र प्रताप ने पूछा—'मुहब्बत और इश्क में कोई फ़र्क ?'

'जी हाँ, है।'

'कैसे ?'

'मुझे इस देश से मुहब्बत है। यह कोई नहीं कहता कि मुझे अपने देश से इश्क है।'

मैंने उन्हें देखने के लिए एक कहानी दी—'बैलून।' उन्हें बिल्कुल पसन्द नहीं आई। उन्होंने उसमें जगह-जगह पेंसिल से निशान बना डाले थे। उसमें एक वाक्य था—'ऊपर की ओर जरा-सा इधर, नीचे की ओर जरा-सा उधर।' यह एक सपाट शरीरवाली लड़की के सयानी होने के बाद की देह का वर्णन था। इशारा स्तन और नितम्ब की ओर था।

उन्होंने पहले कालिदास का श्लोक सुनाया, फिर बिहारी का दोहा और बोले—'ढूँढ़ों तो संस्कृत, अपभ्रंश, हिन्दी—तमाम पुराने-नए साहित्य में सैंकड़ों उदाहरण मिल जाएँगे जो इससे बेहतर हैं। यह उसी स्थिति की 'पुनरावृत्ति' है और वह भी हल्की और घटिया। उनसे आगे बढ़ के कोई बात की होती तो एक बात थी।'

ऐसी ही बात उन्होंने दस-बारह साल बाद भी की थी, जब 'अपना मोर्चा' प्रकाशित हुआ था और मैं उसे लेकर उत्साहित था। मैं उन्हें रिसीव करने स्टेशन गया था। स्टेशन के बाहर रिक्शे पर बैठने के बाद बोले—'आपने एक नई थीम ली, बहुत अच्छा किया। नए ढंग से लिखा, यह भी अच्छा। लेकिन कल कोई इन्हीं विश्वविद्यालयों और छात्र-आन्दोलनों को लेकर उपन्यास लिखे—बड़ी साइज़ का और उन सारी बातों को समेटते हुए जिन्हें आपने छोड़ दिया है, तब ? देखो, किसी भी चीज को छू देना ही काफी नहीं होता, उसे पकड़ो और इस तरह पकड़ो कि दूसरा सिर्फ देखता रहे। यह नहीं कि तुम्हारे हाथ से छूट जाए या फिसल जाए और पकड़ने का श्रेय दूसरा ले जाए। गाँव पर लिखा तो है लोगों ने लेकिन 'मैला आँचल' के आगे वह क्या है ? लिखते रहें लोग।'

मैंने लगातार दो-तीन रातों में एक कहानी लिखी—छोटी-सी। मैंने बहुत कोशिश की लेकिन नाम नहीं सूझा। यह मेरा शुरुआती दौर था। जब

कहानी बनती थी तो शीर्षक नहीं सूझता था और शीर्षक होता था तो कहानी नहीं बनती थी।

मैंने उन्हें कहानी दी। जब पढ़ लिया तो बुलाया—'देखो, मैंने कुछ नहीं किया, कहानी को सिर्फ 'एक अर्थ' दे दिया है। इसका शीर्षक है—'सुख'।

यही एक कहानी थी जिसमें पेंसिल का कहीं निशान नहीं था। वरना वे पढ़ने के बाद अक्सर कहा करते कि ऐसे नहीं, ऐसे लिखा होता तो और बेहतर रहा होता, या इसमें सबकुछ है, कहानी नहीं है, या इसी थीम को जरा यूँ देखो, या इसका अन्त ऐसा हो तो कैसा हो ? मैं तंग आ जाता।

उस आदमी को सन्तुष्ट कर सकना हमेशा मुश्किल रहा है मेरे लिए।

संदीपन चट्टोपाध्याय—भूखी पीढ़ी के एक बंगला कथाकार आए उनसे मिलने। एलेन गिंसबर्ग के सुझाव पर। गिंसबर्ग बनारस के जिन दो-एक लोगों का सम्मान करते थे, उनमें नामवर भी थे।

ये सन् '63 ई. की जनवरी के आखिरी दिन थे।

संदीपन ने उन्हें अपनी बंगला कहानी भी सुनाई। कहानी में किसी सपने का वर्णन था। उन्हें कहानी पसन्द नहीं आई थी और संदीपन से कह दिया था।

'सपना नई कहानी की चीज नहीं है।' वे बोले—'कहानी में सोचना... सोचना और सोचने में ही कहानी को खत्म कर देना—यह बुरी बात है। कुछ बाहर भी तो हो, घटित होता दिखे। यह और जो कुछ हो, कहानी नहीं है।'

संदीपन के जाने के बाद उसकी तारीफ करते हुए बोले—'इनका गद्य बहुत अच्छा है। ये सोचते भी अच्छा हैं बस कहानी ख़राब लिखते हैं। अभी कह रहे थे कि लिखते समय कुछ छिपाया क्यों जाए ? बिम्ब-प्रतीक की आड़ क्यों लो ? मैं जानता हूँ कि ये कहानियाँ मेरी पत्नी, बहन, माँ—घर की सारी औरतें पढ़ेंगी। लेकिन क्या हुआ ? कोई बात नहीं। उसमें संभोग हो या जो कुछ हो। सब जानते हैं, सब करते हैं। अश्लील इसे लिखना नहीं, इसे छिपाना है। उसने शरत के 'गृहदाह' में वर्णित संभोगवाले स्थल का जिक्र किया। उसका कहना था कि लेखक ने साहस किया है। लेकिन मुख्य चीज गायब है। दुनिया-भर के तूफान, झंझावत, पानी, बाढ़, आँधी—सब प्रतीक हैं। लेकिन हिम्मत नहीं पड़ी कि साफ-साफ लिख सकें। यही बात फ़िल्मों

में है। किसी को मरते हुए बताना हुआ तो दिया बुझा दिया। अगर दिखाना है तो स्क्रीन पर सीधे एक मरते और तड़पते हुए आदमी की तस्वीर पेश करो। पन्द्रह मिनट तक। ऐसी कि रोंगटे खड़े हो जाएँ !'

वे उन दिनों मुझसे लगातार कहानियों के बारे में बातें करते थे। विजय या माँ के न रहने पर चाय के समय भी और भोजन के समय भी।

'जिस तरह की नई छोटी-छोटी कहानियाँ आप लोग लिखते हैं वे 'प्रिमिटिव एलिमेंट' वाली 'मित्रलाभ', 'कथा सरित्सागर', 'हितोपदेश' की कहानियों की याद दिलाती हैं। उन कहानियों में दो तत्त्व खास होते थे—कुतूहल और उपदेश या सोद्देश्यता। यही बातें आज की कहानियों में भी हैं।

कहानी के लिए बाहर से दीख पड़नेवाली कोई भी अर्थहीन घटना या वाकया लिया जा सकता है। फिर उसमें अर्थ या उद्देश्य भर दिया जाता है। और यह सिद्ध किया जाता है कि जीवन में घटित कोई भी क्षण निरर्थक नहीं है। जैसे कि रघुवीर सहाय की 'सेब'। यही न ?'

इस सन्दर्भ में उन्होंने जेम्स ज्वाइस के 'डब्लिनर्स' कहानी-संग्रह की चर्चा की और फिर उसकी कहानी में छिपी 'एपिफैनी' की धारणा समझाई।

मेरी कहानियों के एकमात्र श्रोता भैया के मित्र वकील साहब—नगेन्द्रप्रसाद सिंह—आए थे। उन्हें ऐसी कहानियाँ पसन्द आती थीं जिनमें जुमले हुआ करते थे। मेरा कहना था कि ऐसा कहानीकार जिसे जुमले का चस्का लगता है, एक जुमले के प्रयोग के लोभ में पूरी कहानी नष्ट कर डालता है।

बहस के दौरान बात जुमले से सेटायर और ह्यूमर पर चली गई।

भैया ने कहा—'सेटायर लिखनेवाला आदमी पापुलर बड़ी जल्दी हो सकता है लेकिन व्यंग्य लेखकों में श्रेष्ठ कम ही होते हैं। हरिशंकर परसाई अपवाद हैं।

'बर्नार्ड शॉ पहले बड़ी सीरियस और 'सेंटिमेंटल' ढंग की चीजें लिखा करता था। किसी ने ध्यान नहीं दिया। फिर उसने कुछ सेटायर लिखे और वह चल निकला। उसके बाद तो उसके जीवन की धारा ही बदल गई।'

3 मार्च को इलाहाबाद से मार्कण्डेय आए। तब तक नीलकान्त की कुछ कहानियाँ छप चुकी थीं और लोगों का ध्यान भी आकृष्ट कर चुकी थीं। सो, एक तो मार्कण्डेय स्वयं चर्चित कहानीकार, दूसरे नए-नए लिखनेवाले दो युवा कहानीकार नीलकान्त और काशी। इन दोनों युवा कहानीकारों के भाइयों ने '60 के बाद की कहानियों पर खूब बातें कीं—एक दिन, दो दिन, तीन दिन ! भैया ने बातें शुरू कीं हम दोनों की कहानियों के सन्दर्भ में : और ये बातें इतनी गम्भीर थीं कि मैं चकित।

शुरू किया था भैया ने हेमिंग्वे की कहानियों से। उनकी यही खासियत थी। साहित्य या राजनीति की एक अदना से अदना नामालूम-सी चीज या समस्या को उठाकर विश्व-साहित्य या विश्व-राजनीति के मानचित्र पर रख देते थे और तब उसका जायजा लेते थे। सम्भव है कि वह मानचित्र हमेशा प्रत्यक्ष न दिखाई पड़े, लेकिन वह उनके दिमाग के एक हिस्से की दीवार पर स्थायी रूप से टँगा रहता था।

—नीलकान्त जी कोई एक बात या घटना लेते हैं और पीछा करते हुए उसके अन्दर भीतर तक चले जाते हैं। इसके उलटा काशीनाथ जी करते हैं। बाहरी दृश्यों का चित्रण। 'कंसिस्टेंट' चिन्तन इनके बस की बात नहीं है। मुझे चिन्तन और बोरियतवाली कहानियाँ पसन्द नहीं हैं।

इसके बाद वे हमारे दौर की कहानियों पर उतर आए—जिस तरह छायावाद के बाद बच्चन, दिनकर, भगवतीचरण का युग आया, वैसे मार्कण्डेय, यादव के बाद इन लोगों का। स्टेराइल पीरियड। लोग चटपटी और सेंसेशनल चीजें दे रहे हैं। इसमें सन्देह नहीं कि बच्चन वगैरह की तरह ही ये लोग भी 'शार्प' और 'सट्ल' हैं, लेकिन ह्रासोन्मुख।

—अजीब हाल है इन लोगों का। ये लोग न कोई झकझोर देनेवाला विचार देते हैं, न जीवन्त वर्णन ही। बल्कि विचार तो कहानी के अन्त या बीच में जबर्दस्ती ऊपर से लाकर चिपकाया हुआ।

—एक और माने में अजीब दौर है इनका। किसी भी कहानीकार की कोई 'पॉलिटिकल आइडियालॉजी' नहीं है। कोई जीवन-दृष्टि नहीं। इसके बिना बड़ा साहित्य नहीं लिखा जा सकता। इनके पहलेवाले कहानीकार मार्कण्डेय, अमरकान्त, 'पॉलिटिकल' आन्दोलनों से गुजरनेवाले रहे हैं। जैसे कृश्न चन्दर कोई प्रगतिशील थीम लेकर उसके भीतर चटपटी, सेंसेशन और वल्गर बातें कहते हैं, वैसे ही ये लोग भी हैं। प्रगतिशील थीम इनके लिए कवच का काम करती है।

—वह दौर गया जब कोई एक कहानी लिखकर कहानीकार बन बैठता था। यहाँ तो इन लोगों को दस साल लिखते रहना होगा। तब जाकर पता चलेगा कि कौन कितने पानी में है।

—अगर थीम के आधार पर अलगाया जाए तो कह सकते हैं कि पहले के कहानीकार जहाँ 'व्यक्ति' को 'सामाजिक पृष्ठभूमि' में रखकर देखते थे, वहाँ ये लोग—इनके लिए 'व्यक्ति निरा व्यक्ति' है। अगर कोई लड़की है और उसका कोई एक अंग, जैसे नाक ही इन्हें भा गई तो वही काफी है। इस बात को छायावादी उदाहरण से भी समझा जा सकता है। जैसे कोई लड़का किसी लड़की से शादी करना चाहता था। अगर उस लड़की से उसकी शादी न हो सकी—किन्हीं कारणों से न हो सकी तो यह उसके जीवन-मरण का प्रश्न हो सकता था। लेकिन इन लोगों के लिए ? शादी मनचाही लड़की से हो जाए, तब भी कोई बात नहीं; न हो, तब भी कोई बात नहीं।

उनका भर्त्सनावाला मूड मार्कण्डेय के जाने के बाद भी बना रहा। 9 मार्च को सुबह उन्होंने हेमिंग्वे की कहानी 'हिल्स लाइक व्हाइट एलिफैंट्स' उठाई।

इसके पहले उन्होंने मेरे हाथ में 'गोर्की की चुनी हुई कहानियाँ' देखी थीं। गोर्की उनकी पसन्द का लेखक नहीं था। खासतौर से किसी नए लिखनेवाले के लिए। उनका कहना था कि जब अपनी जमीन बन जाए, हाथ-पाँव दुरुस्त हो लें, जबान काबू में आ जाए तब इस कम्बख्त को पढ़ना चाहिए वरना जल्दी प्रभाव में ले लेता है और किसी भी नौसिखुए को खराब कर देता है। उनकी नज़र में गोर्की के कथा-साहित्य के बजाय उसकी आत्मकथा के तीनों भाग—'मेरा बचपन', 'जनता के बीच' और 'मेरे विश्वविद्यालय' जरूर पढ़ना चाहिए। इस मायने में वे तारीफ करते थे तुर्गनेव के 'शिकारी के शब्द-चित्र' की। वे कहते थे कि किसी दृश्य का कैसे वर्णन करना चाहिए; यह देखना हो तो तुर्गनेव के शब्द-चित्र पढ़ो।

उन्होंने हेमिंग्वे की कहानी के आरम्भिक वाक्य पढ़े, जिसमें दूसरा वाक्य वे देर तक समझाते रहे—'तो काशीनाथ जी, इसे कहते हैं आर्ट। कम से कम शब्दों के इस्तेमाल से कितना बड़ा परिदृश्य खड़ा किया जा सकता है, यह कोई हेमिंग्वे से सीखे। यही अगर आप लोगों को लिखना हो तो दो पन्ने रंग डालें, फिर भी कोई तस्वीर नहीं उभरेगी।'

अन्त में बोले—'दरअसल दो तरह के कहानीकार होते हैं। एक तो वे हैं जो कहानियाँ सुनाते हैं, दूसरे वे हैं जो कहानियाँ दिखाते हैं। मगर आपकी पीढ़ी के लोग हैं कि कहानियाँ सोचते हैं।...'

इस पर मैंने एतराज किया तो बोले—'अपवाद कहाँ नहीं होते भाई ? लेकिन कहना चाहता था कि बस वे दोनों प्रकार की ही कहानियाँ जीवित रहती हैं और कहानी होती हैं।'

पहली अप्रैल को 'मानवतावादी संघ' की गोष्ठी में क्वींस कॉलेज गए। लौटकर आए तो दिलचस्प बातें सुनाईं—

—डॉ. देवराज ने भाषण देते हुए कहा कि भगवान बुद्ध के बाद भारत में कोई भी मौलिक चिन्तक नहीं हुआ।

मैं बोला—अब तक तो मैं नहीं मानता था, लेकिन जब स्वयं आप ही कह रहे हैं तो मान गया।

—मैं बोल रहा था कि एक सज्जन खड़े हो गए। ताव में बोले—'जो बात मैंने नहीं कही है उस बात को आप मेरे मुँह में क्यों डाल रहे हैं ?'

इस पर मैंने कहा—'जब आप अपनी बात मेरे कान में डाल सकते हैं तो मैं अपनी बात आपके मुँह में क्यों नहीं डाल सकता ?'

31 मई। मैं रेडियो पर गाना सुन रहा था, भैया बैठे हुए कुछ नोट्स ले रहे थे।

स्वर किशोर कुमार का था।

मैंने कहा—'किशोर जब मन से गाता है तो बहुत अच्छा गाता है।' वे बोले—'मन से तो सभी गाते हैं लेकिन गले में आकर गाने की कोई और ही शक्ल निकल आती है।'

उसी समय कोई सज्जन 'धर्मयुग' के अंक के साथ आए। भैया ने 'ज्ञानोदय' में राहुल जी पर एक लेख लिखा था। उसी शीर्षक से राहुल जी पर किसी दूसरे ने लेख लिखा था, जिसमें उनकी आलोचना की गई थी। उन्होंने भैया को वह शीर्षक दिखाया।

फिर भैया ने हीगेल का एक उद्धरण सुनाया जो उसने अपने आलोचकों के बारे में कहा था—'ह्वेन मी दे फ्लाई, आई एम दियर विंग्स', यानी मैं

वे पंख हूँ जिनके सहारे वे उड़ते हैं। यानी हीगेल की आलोचना के लिए उसके आलोचकों ने उसकी भाषा भी ली, विचार भी लिये। उसके बिना वे उड़ भी नहीं सकते थे।

22 अक्तूबर को घर पर त्रिलोचन और नागानन्द आए। भैया ने प्रयाग शुक्ल का कहानी-संग्रह 'अकेली आकृतियाँ' खत्म किया था।

बोले—'ओडेन ने कविता के लिए कहा है कि 'पोएट्री इज़ द गेम आव नालेज।' विटिगिंस्टाइन ने भी ऐसा ही कहा है। लेकिन यह कविता पर ही नहीं, सम्पूर्ण साहित्य पर लागू होता है। कहानी भी एक तरह का गेम है। उसे प्रसन्न, सहज, जीवन्त और ज़िन्दगी से भरपूर होना चाहिए। 'डल राइटिंग' कभी जीवित नहीं रहती।'

ये बातें सुनकर मैं थोड़ा उत्साहित हुआ और पिछले दिनों की लिखी एक कहानी उठा लाया। शीर्षक था 'बीमारी'। पढ़ सुनाया।

भैया ने कहा—'इसमें जो औरत है—सोनी : वह 'स्टाक' चरित्र है। पुराना घिसा-पिटा। उसके बारे में लिखने की जरूरत क्या पड़ी आपको, पहले यह बताइए।'

त्रिलोचन को आपत्ति कहानी से नहीं, उसकी भाषा से थी। उसके कुछ वाक्यों से। जैसे यह वाक्य—'वह कमजोर होती गई। मैं चिन्तित होता गया।' त्रिलोचन ने कहा कि यह ऐसे होना चाहिए—'वह कमजोर होती गई और मैं चिन्तित।'

भोजन के समय भी ये बातें चलती रहीं। भैया कहे जा रहे थे—'देखो, बड़ा कथाकार वह होता है जो 'जोवियल' मूड में लिखे, जो लिख रहा हो, उस पर छा जाए। जैसे प्रेमचन्द जब 'बूढ़ी काकी' में खाने का वर्णन करते हैं—पूड़ी, तरकारी, चटनी, रायता...तो ऐसा लगता है जैसे खुद खा रहे हैं या थाली सामने परोसकर रखी हुई हो और उनके मुँह में पानी आ रहा हो। इसी तरह 'पूस की रात' कहानी में जब हलकू झबरा कुत्ते के साथ रात को सोता है तो प्रेमचन्द खुद इतना रम जाते हैं कि कहानी कहाँ जाकर खत्म होगी—पढ़नेवाला भूल जाता है। तोलस्तोय के साथ भी यही बात थी।'

'त्रिलोचन भगवन्, इसीलिए मैं सेटायर की आलोचना करता हूँ। सेटायर पाठक या लेखक को किसी एक बिन्दु या वस्तु पर जमने ही नहीं देता।'

त्रिलोचन पहले गम्भीर हुए, फिर मुझसे बोले—'देखो पंडित, इनकी बातें अपनी जगह लेकिन तुम नामवर की बातों पर ध्यान न दो। कोई बड़ा आलोचक--चाहे वह रामचन्द्र शुक्ल ही क्यों न हों—कोई बड़ा कवि या कहानीकार पैदा नहीं कर सका। वह ऊँट की तरह बलबलाता चला जाता है, कोई जरूरी नहीं कि तुम उसकी हर बात पर ध्यान ही दो।'

फिर हँसी में बातें डूब गईं।

उन्होंने 'प्रेम' पर लिखी हुई हिन्दी की कुछ कहानियाँ पढ़ीं और उन्हीं के प्रसंग में हफ्ते-भर बाद कहने लगे—

'चूमना-चाटना, आलिंगन वगैरह हमारे देश के लिए रहस्यमय चीज़ें हैं, लेकिन विदेश के लिए बड़ी सहज, स्वाभाविक। क्या वजह है कि हेमिंग्वे की कहानियों में इनका उल्लेख तक नहीं मिलता ? उसका कोई पात्र किसी को चूमता या इम्ब्रेस तक करता नहीं दिखाई पड़ता।

दूसरी बात; जहाँ कोई लेखक अपनी कहानी में कोई प्रश्न उठाता है और उसके बाद ही अगर वह शारीरिक सम्बन्धों के चक्कर में पड़ा तो समझिए, इसका मतलब है कि उसके पास जवाब नहीं है, वह 'एस्केप' करना चाहता है। जैसे, जब प्रेमी-प्रेमिका के पास बातें नहीं रह जातीं तो वे एक-दूसरे की गोद में सो जाना चाहते हैं। इसी तरह यदि किसी लेखक के पास लिखने के लिए बातें नहीं रह जातीं तो वह यही सब करने लगता है।

एक बात और इसी सिलसिले में; एक वे लेखक होते हैं जो लिखते समय 'इन्वाल्व्ड' रहते हैं। उस विषय में जिस पर उन्हें लिखना होता है। ऐसे लेखक जल्दी ही अपने को दुहराने लगते हैं, लेकिन जो उसके बाहर रहकर उसे देखते हैं—चीज़ों के बारे में उनकी दिलचस्पी कभी नहीं खत्म होती। वे ज़िन्दगी-भर लिखते रहते हैं...'

बनारस में प्रायः लेखकों के साहित्यिक जोड़े रहे हैं जैसे त्रिलोचन-विष्णुचन्द्र शर्मा, शम्भुनाथ सिंह-श्रीकृष्ण तिवारी, शिवप्रसाद सिंह-पद्मधर त्रिपाठी, केदारनाथ-विजयमोहन, शालिग्राम शुक्ल-अक्ष्योभ्येश्वरी प्रताप, गोविन्द उपाध्याय-मोहनराज शर्मा, धूमिल-नागानन्द...ये जोड़े गुरु-चेला और नए-पुराने

के भी होते थे और समान उम्र के भी।

नामवर के सन् '53 में लोलार्क कुंड पर बसने के बाद से अस्सी चौराहा साहित्यिक-सांस्कृतिक गतिविधियों का अड्डा बन गया था। प्रायः ये सभी जोड़े घूमते-घामते हुए केदार की चाय की दुकान में आया करते थे। केदार कामरेड आदमी थे और कांग्रेसियों-जनसंघियों के इस गढ़ में अकेली वही दुकान थी जिस पर चुनाव के दिनों में लाल झंडा फहराता रहता था।

यह शुरू से ही नामवर की दुकान थी। सुबह और शाम की दुकान जहाँ नगर छोड़ने से पहले केदार, विजयमोहन, विष्णुचन्द्र शर्मा, त्रिलोचन, रामदरश मिश्र, शालिग्राम शुक्ल, अक्ष्योभ्येश्वरी प्रताप, विद्यासागर नौटियाल वगैरह बैठा करते थे। इसी दुकान के सामने एक दूसरी चाय की नई दुकान खुली थी, जहाँ भाँग की गोलियाँ भी उपलब्ध थीं। प्रायः पद्मधर वगैरह उधर ही रहते थे। 'साधु बेला आश्रम' से उन दिनों 'बासन्ती' नाम की मासिक पत्रिका निकलती थी। वह भी लेखकों के उठने-बैठने की जगह हो गई थी। अस्सी पर चोंचें लड़ाने के बाद अपने गीतों, कविताओं, कहानियों और लेखों के साथ लोग साधु बेला गली की ओर मुड़ जाते थे।

वे सभी कवि-लेखक जिनके साथ नामवर का केदार की दुकान में उठना-बैठना होता था, नगर से जा चुके थे। नागरी प्रचारिणी सभा, जिसमें त्रिलोचन काम करते थे, शहर के दूसरे छोर पर थी। चन्द्रबली सिंह जिनका लिखना-पढ़ना लगभग बन्द हो चुका था, सम्पूर्णानन्द संस्कृत विश्वविद्यालय के पास रहते थे। चूँकि नामवर प्राध्यापक भी नहीं रह गए थे, इसलिए शिष्यों के होने का सवाल नहीं था।

नामवर हिन्दी के लेखक थे, सिर्फ़ बनारस के नहीं। इसलिए स्थानीय साहित्यकारों से—जो लोकल अखबारों और कवि-गोष्ठियों में परस्पर चर्चा-सुख उठाते हैं—उनका कोई खास मेलजोल नहीं था। हाँ, उनके 'आलोचक' होने का आतंक जरूर था, जिससे लाभ के बजाय नुकसान ही होता था। नए लिखने-पढ़नेवाले उनके पास आने से भड़क रहे थे अभी।

लिहाजा नामवर घर से अकेले निकलते, केदार के यहाँ चाय पीते, अमरनाथ के यहाँ पान खाते, कोई मिलता तो मिलता, नहीं लंका या गोदौलिया के लिए निकल पड़ते।

बनारस के गीतकारों की अपनी कवि सम्मेलनी राजनीति थी, जिसमें धूमिल फिट नहीं बैठ रहा था। उसमें 'गीतकार' रहने के बजाय कवि होने की लालसा पैदा हो चुकी थी। वह आरम्भ में चित्रकार रामचन्द्र शुक्ल के प्रभाव में था जो बम्बई के सूर्योदयी कविता के प्रवक्ता वीरेन्द्रकुमार जैन की बनारस में झंडाबरदारी कर रहे थे। वह उनसे मुक्त हुआ तो सीखने की गरज से एक ऐसे लेखक के यहाँ फँसा जो किताब और पत्रिका देने के बदले उससे अपनी छपी कहानियों की तारीफ में अलग-अलग नामों से सम्पादक के नाम पत्र लिखवाते थे।

नामवर पिछले दिनों की घटनाओं के कारण बन्द-बन्द से चल रहे थे। निस्पृह और तटस्थ जैसा भाव हो गया था उनका। लोगों के आगे खुलते कम थे। हाँ-हूँ करके चल देते थे। 'ओंकार परिषद' द्वारा आयोजित तुलसी पुस्तकालय की किसी गोष्ठी में उन्होंने धूमिल की कविताएँ सुनी थीं और उसमें अपनी दिलचस्पी दिखाई थी। लिहाजा जब भी वे सड़क पर नज़र आते, नागानन्द के साथ धूमिल चला आता। बाद में तो इनके साथ गोविन्द-मोहनराज भी केदार की दुकान के पास उनका इन्तजार करते।

एक बार तो इनके साथ नामवर बातें कर रहे थे कि चौराहे की ओर से आते हुए रामचन्द्र शुक्ल और हनुमान सिंह का जोड़ा दिखाई पड़ा। हनुमान विश्वविद्यालय में काम करते थे और भंग के प्रभाव में हर रात एक नया उपन्यास लिखते थे। एक रात उसका नाम होता 'लैला का खत मजनूँ के नाम' और दूसरी रात 'मजनूँ का खत लैला के नाम।' इस प्रकार हनुमान की कलम लैला-मजनूँ की ख़तो-किताब की रोज अप्रकाशित पांडुलिपियाँ तैयार कर रही थी।

भैया गोविन्द जी की ओर मुखातिब हुए और बोले—

लीला कलिकाल की निहारो गोबिन्द जीव,
शुक्ल रामचन्द्र हैं तो सेवक हनुमान हैं।

ठहाकों में बात खत्म हुई, लेकिन इसके बाद नए कवियों-लेखकों की एक जमात उनसे जुड़ने लगी।

सन् '50-'60 के दरम्यान जो नामवर इलाहाबाद के मंच पर परिमलियों से बहस चला रहे थे, उसी नामवर को परिमलियों ने कुजगह मारने की योजना बनाई। हो सकता है, सहयोग उनका रहा हो और योजना बनारस के ही

उन लोगों ने बनाई हो जिनका परिमलियों से हुक्का-पानी रहा हो।

सन् '64 के आरम्भिक महीने थे।

बड़े जोर-शोर से 'नवलेखन' समारोह की तैयारियाँ शुरू हुईं।

फिर वही बिरादरी। फिर वही देवदत्त। लेकिन नामवर भी इसी लायक थे। उनकी भी बदमाशियों का कोई अन्त नहीं था। जरा अपने बगल में इलाहाबादियों को ही देखो भाई, जुमा-जुमा आठ रोज से लिखनेवाले अपने दो कौड़ी के कवियों-लेखकों को भी कितना महान बताते हैं अपने लेखों और भाषणों में ? और एक आप जनाब हैं कि आपको दिल्ली के निर्मल वर्मा या भीष्म साहनी दिखाई पड़ेंगे, इलाहाबाद के अमरकान्त, शेखर जोशी, मार्कण्डेय दिखाई पड़ेंगे, जबलपुर के हरिशंकर परसाई और पटना के रेणु भी नज़र आएँगे लेकिन घर के देवदत्त नहीं सूझेंगे। थू है ऐसी आँख पर। दस साल से लिख रहे हैं कहानियों पर। यहाँ एक जमाने से बलदेव राम, अर्जुन लाल, सुखदेव मिसिर जैसे लोग चिल्ला रहे हैं कि हमारा प्रेमचन्द—देवदत्त। लेकिन आपके मुँह से एक बार भी बोल नहीं फूटा कभी।

सो, समारोह को लेकर महीनों से चहल-पहल थी, लेकिन नामवर कहीं नहीं थे।

लेखक एक दिन पहले से आने शुरू हो गए थे और सभी इलाहाबाद से। विजयदेव नारायण साही उद्घाटन करनेवाले थे। साही को पता चला कि नामवर को निमन्त्रण नहीं है। नामवर के बगैर गोष्ठियाँ कैसीं ? नगर में वे न होते तो बात दूसरी थी, लेकिन ऐसी हालत में किसे जवाब दोगे ? लोगों को क्या मुँह दिखाओगे ? काबे किस मुँह से जाओगे ? चोंचें किससे लड़ेंगी, हमला किस पर करोगे और विजयोल्लास किस पर मनाओगे ? आदि-आदि।

बहरहाल, साही ने आयोजकों की लानत-मलामत की और उनकी तरफ से खुद आए। समारोह आरम्भ होने के थोड़ी देर पहले। नामवर अपमानित थे, लेकिन साही की इज्जत करते थे। उनसे इनकार करते न बना लेकिन शामिल होने की उन्होंने एक ही शर्त रखी—दोनों दिन उपस्थिति रहेंगे लेकिन मुँह नहीं खोलेंगे।

कमच्छा के सेन्ट्रल हिन्दू कॉलेज के सर्गाहॉल में समारोह आरम्भ हुआ।

नामवर सबसे पीछे चुपचाप बैठे थे। उद्घाटन के बाद 'नवलेखन' पर बहस शुरू हुई। वजह जो रही हो, साही का भाषण लम्बा होने के बावजूद फीका था। डॉ. जगदीश गुप्त, डॉ. रघुवंश, रामस्वरूप चतुर्वेदी, गिरिराज

किशोर वगैरह के सिवा पडरौना से केदारनाथ सिंह भी थे।

'नवलेखन' का जयघोष हो रहा था। शर्त के बावजूद हर वक्ता के बाद नामवर को मंच से आमन्त्रित किया जा रहा था लेकिन वे अपनी जगह से टस से मस नहीं हो रहे थे। अन्त में साही ने आकर उन्हें किसी तरह राजी किया।

मुझे याद है कि वे सिर्फ पाँच मिनट बोले। अपने वक्तव्य में उन्होंने पहली बार भारत-चीन युद्ध को—भारतीय जनता के राष्ट्रव्यापी मोह-भंग को नवलेखन में बदलाव लानेवाली ऐतिहासिक घटना के रूप में रेखांकित किया और कहा—'सन्' 62 देश के लिए ही नहीं, साहित्य के लिए भी परिवर्तन-बिन्दु है, यहाँ से साहित्य में एक नए दौर की शुरुआत होती है। साही जी के भाषण में अतिप्रयुक्त 'अतएव' शब्द को एक बार फिर इस्तेमाल करते हुए कहें तो—अतएव जिस 'नवलेखन' पर इतनी चर्चा हुई है उसका दौर खत्म हो चुका है।'

इस छोटे और ठंडे भाषण का जोरदार स्वागत किया नगर के 'युवा लेखकों' ने जो वहाँ श्रोता के रूप में उपस्थित थे, लेकिन असहयोग कर रहे थे।

लेकिन 'नवलेखन' पर इसका प्रतिकूल असर पड़ा। उनकी सारी शक्ति यह साबित करने में चुक गई कि 'नवलेखन' अभी खत्म नहीं हुआ है।

आयोजन खत्म होने पर केदारनाथ जी ने शाम को आयोजकों की उपलब्धि पर एक शेर कहा—

करके भी देख लिया, करने से होता क्या है,
मख्न मिलता ही नहीं, छाँछ बिलोता क्या है ?

इस समारोह के बाद ही धूमिल को उसके गुरु नामवर मिले जिन्हें वह आदर से 'मास्टर साहब' कहा करता था। उसने नगर के विद्वानों-लेखकों द्वारा उनकी उपेक्षा भी देखी थी और मंच पर मिलनेवाला सम्मान भी। हालाँकि इसके पहले वे 'ज्ञानोदय' में 'नई कविता पर क्षण-भर' शीर्षक लेखमाला के अन्तर्गत एक लेख में धूमिल का प्रशंसात्मक उल्लेख कर चुके थे। मेरी जानकारी में धूमिल का वह पहला उल्लेख था।

मुझे नहीं याद है कि धूमिल की वह कविता कहीं छपी थी या उसने किसी गोष्ठी में सुनाई थी,, लेकिन उन्होंने भारत-चीन युद्ध के सन्दर्भ में लिखी जानेवाली कविताओं के प्रसंग में उसका एक टुकड़ा उद्धृत किया था—

मुझमें पूरे समूह का भय
चीखता है
दिग्विजय ! दिग्विजय !

इसके बावजूद वह उनके निकट आने में सहमता था।

लेकिन अब वह अक्सर दूसरे-तीसरे आ जाता था—उसके बाद से उससे मेरी घनिष्ठता बढ़ी। जब तक भैया व्यस्त रहते, वह या तो पत्रिकाएँ पढ़ता, या नागानन्द होते—जोकि हमेशा होते थे—तो उनसे बातें करता। उस समय तक धूमिल के पाँव गीत में थे और हाथ कविता में। वह 'नई कविता' और अकविता—खासतौर से राजकमल चौधरी, सौमित्र मोहन, मुक्तिबोध, निराला की कविताओं में हाथ डालकर ढूँढ़ने की कोशिश कर रहा था—यह जानना चाहता था कि उसमें से उसके लिए क्या ठीक रहेगा, क्या नहीं ?

केदार के जाने के बाद से कविता पर बात करने के लिए नामवर के भी इर्द-गिर्द कोई आदमी नहीं था। जबकि वे मुक्तिबोध के 'एक साहित्यिक की डायरी' की समीक्षा कर चुके थे और मुक्तिबोध को ढूँढ़-ढूँढ़कर पढ़ रहे थे। उन्हें ऐसा कोई नजर नहीं आता था जिसके आगे कविता के बारे में अपनी 'संचित ज्ञानराशि' खोल सकें। इसलिए कहूँगा कि वे भी इस मायने में खुशकिस्मत हैं कि उन्हें मनचाहा 'कवि मिल गया—कच्चा, सवालों से घिरा हुआ, बीज के लिए खिली हुई ललचाई परती जमीन के समान।'

भैया शाम को उसके साथ गोदौलिया जाने लगे। धूमिल का आत्मविश्वास बढ़ने लगा। आगे चलकर उसका वही आत्मविश्वास दूसरों से बातचीत में प्रकट होने लगा तो लोग कहते घूमने लगे कि नामवर गुंडा पालते हैं। क्योंकि उन दिनों किसी की क्या मजाल कि उसके सामने 'मास्टर साहब' पर कोई टिप्पणी करके निकल जाए।

मुझे किसी ने बताया कि भैया के पास कुछ नौकरियों के प्रस्ताव आए थे। इनमें एक था मध्यप्रदेश के किसी डिग्री कॉलेज के प्राचार्य का और दूसरा शायद 'भारतीय ज्ञानपीठ' की ओर से कोई प्रस्ताव था। भैया ने अगर इनमें से किसी प्रस्ताव को गम्भीरता से लिया होता तो घर में बातें जरूर की होतीं।

मैंने भोजन करते समय उनसे पूछा।

वे बोले—'देखो, मैंने इस मामले में अपनी ज़िन्दगी के कुछ उसूल बना रखे हैं जिनमें एक तो यह कि डिग्री कॉलेज में नहीं पढ़ाना है, दूसरा यह कि सेठों के यहाँ नौकरी नहीं करनी है।'

इससे अधिक उनसे कुछ पूछा भी नहीं जा सकता था, क्योंकि वे अपने लिए किसी पर निर्भर नहीं करते थे। किसी भी मामले में उनके निर्णय भी उनके होते थे जिसे कोई बदल नहीं सकता था। जब भी कोई उनका पुराना परिचित दोस्त-मित्र उनसे काम-धाम के बारे में जानना चाहता तो बड़ी दृढ़ता से कहा करते थे कि बहुत नौकरी कर ली, अब मुझे नौकरी नहीं करनी है। बनारस में लोग इसका यह प्रचार करते कि दो जगह से निकाले जाने के बाद नौकरी देगा कौन ?

उन्हीं दिनों पार्टी के कुछ लोग सुझाव देते थे कि सोवियत एजेंसी 'तास' से क्यों नहीं सम्पर्क करते ? मैंने जब सुना तो एक दिन पूछ बैठा। बोले—'अगर नौकरी ही करनी हो तो अपना देश क्या बुरा है ?'

यह कैसे हुआ, पता नहीं। मुझे जुलाई '64 ई. से छह महीने के लिए व्याकरण कार्यालय छोड़ना पड़ा और विश्वविद्यालय के हिन्दी विभाग में अस्थायी 'लेक्चररशिप' मिल गई। भैया ने खुशी जाहिर करते हुए कहा कि अब मुझे कोई चिन्ता नहीं, जिस दिन स्थायी रूप से तुम विश्वविद्यालय में काम करने लगोगे, मैं अपनी एक कसम तोड़ दूँगा और हिन्दी विभाग आऊँगा—विश्वविद्यालय के अन्दर अपने भाई से मिलने।

उनकी खुशी देखने लायक थी।

एक दिन मैंने कहा कि मुझे पता चला है कि विभाग में लेक्चरर की दो स्थायी जगहें हैं। अगर अध्यक्ष शर्मा जी से कह दें तो वे मुझे रख लेंगे। मुझे कभी-कभी लगता है कि वे यही चाहते हैं।

वे गम्भीर हो गए। लगा कि उन्हें किसी संकट में डाला है मैंने। इसके पहले मैंने किसी ऐसे काम के लिए नहीं कहा था। वे घर की आर्थिक स्थिति से भी परिचित थे और अपने भाई से भी—और उसे वे कम प्यार नहीं करते थे।

उन्होंने लम्बी साँस लेकर कहा—जो मैं नहीं कर सकता, उसके लिए क्यों कहते हो ? होगा तो होगा, नहीं होगा तो नहीं होगा। तुम देख सको तो खुद देखो। मैं किसी से नहीं कहूँगा।

मैं दिसम्बर '64 में वापस फिर व्याकरण कार्यालय भेज दिया गया।

विजय डेढ़ साल से बनारस के क्वींस कॉलेज में पढ़ रहा था। भाभी बीच-बीच में गाँव से शहर आतीं, चार-छह महीने रहतीं, फिर चली जातीं।

मुमकिन है, उनकी उपस्थिति या विजय की पढ़ाई उन्हें कुछ परेशान करती रही हो या यह याद दिलाती रही हो कि भाइयों पर बोझ पड़ रहा है या यह भी हो सकता है कि उन्हें अपने खर्चे की ही तंगी आ गई हो और वह रोज के चार आने से पूरी न पड़ती हो। क्योंकि मुझे याद है, कुर्ते-धोतियाँ फट-फट जाती थीं और वे अक्सर कभी माँ को और कभी मेरी पत्नी कुसुम को टाँकने के लिए पकड़ाते रहते थे। उधार उन्होंने कभी किसी से लिया नहीं। बहुत पहले एक बार 'हिन्दी साहित्य का इतिहास' लिखवाने के इरादे से दिल्ली के ओम प्रकाश (राजकमल प्रकाशन) ने दो हजार रुपए दिए थे; साल-भर बाद जब वे इतिहास के लिए बार-बार तगादे करने लगे तो उन्होंने वे ज्यों के त्यों बक्से में रखे हुए रुपए निकाले और उन्हें लौटा दिए।

लेकिन मुझे लगता है कि वजहें यह नहीं, दूसरी थीं। उनमें से एक तो यह कि उनके पास पढ़ने के लिए किताबें नहीं रह गई थीं। पहले जब नौकरी में थे तो प्रतिदिन दो-चार किताबें खरीदकर लाया करते थे। लाते तो अब भी थे लेकिन कभी-कभी—जब किसी यात्रा पर जाते तो आयोजन में मिले हुए पैसों का यही उपयोग करते थे। मगर अब पहले वाली बात नहीं थी। वे विश्वविद्यालय की लाइब्रेरी में जा नहीं सकते थे और लंका की दुकानों में बैठकर किताबें देख ही सकते थे, पढ़ नहीं। यह लाचारी उन्हें खलने लगी थी।

दूसरी बात यह कि इतने सालों से चली आ रही बेकारी ने उनके लिखने को काफी प्रभावित किया था। 'कहानी-नई कहानी' किताब आई ज़रूर थी, लेकिन इसमें संकलित लेख जितने इस दौरान के थे उससे कम 'कहानी' के जमाने के नहीं थे। 'नई कविता पर क्षण-भर' वाले लेखों में भी बहुत कुछ तात्कालिकता ही थी।—उनमें वे पूरी तरह रम नहीं पाए थे। वे कविता-कहानी में होनेवाले बदलाव को महसूस तो कर रहे थे लेकिन चाहते हुए भी उन पर लिख नहीं पा रहे थे।

मुझे लग रहा था कि वे लिखने के लिए बेचैन हैं, लेकिन दिमाग व्यवस्थित नहीं हो पा रहा है, चित्त अस्थिर हो रहा है। इस 'अस्थिरता' और 'अव्यवस्था' का कारण एक और था। उनका एकान्त छिन रहा था। घर के सदस्यों की संख्या बढ़ गई थी। विजय तक तो गनीमत थी, इस बीच मेरी एक बच्ची ने भी जन्म ले लिया था। यही नहीं, साल-छह महीने से बीमार मेरी साली भी आई हुई थी अपनी भाभी के साथ, दवा-दारू के लिए। पिताजी अलग पीछे पड़े हुए थे कि गाँव का मकान गिर रहा है और अगली

बरसात में रहने के लिए जगह नहीं रहेगी।

सन् '65 की फरवरी। दिल्ली में पार्टी के लेखकों की कोई मीटिंग थी। भैया को भी बुलाया गया था। लौटे तो गम्भीर थे। पार्टी ने 'जनयुग' साप्ताहिक को फिर से नए रूप में निकालने का फैसला किया था और उनसे सम्पादन का दायित्व लेने के लिए कहा था। भैया के लिए यह निर्णायक क्षण था। एकदम नए ढंग का काम और नए ढंग की ज़िन्दगी की शुरुआत, साथ ही जगह भी एकदम नई। बनारस छोड़ने का फैसला मामूली न था। अन्ततः काफी सोच-विचार के बाद उन्होंने दिल्ली जाने का फैसला कर ही लिया।

जब वे सन् '65 के मार्च में नए सफर पर दिल्ली के लिए रवाना हुए तो उन्हें विदा करनेवालों में हम दो थे—मैं और धूमिल।

वे जा रहे थे, लेकिन क्या उन्हें पता था कि दिल्ली से अब लौटना न होगा ?

घर का जोगी जोगड़ा

भौजी नहीं रहीं।

वे 4 जून, 2003 को इस संसार से चुपचाप चली गईं—अचानक !

ऐसे, उनकी ज़िन्दगी ही 'चुपचाप' की थी ! कभी किसी को पता ही नहीं चला कि वे 'थीं' भी ! वे घर में भी चलती थीं, तो चलने से उनके पैरों से आवाज नहीं होती थी—बशर्ते जबान न खोलें। और शादी के दस पन्द्रह साल तक उन्होंने जाना ही नहीं कि मुँह में जबान भी है।

लोलार्क कुंड रहा हो या दिल्ली—जिसने भी देखा, उनकी पीठ ही देखी होगी, चेहरा नहीं।

वे भारत की उन नारियों में से रही हैं, जो कभी नहीं जान पातीं कि पैदा होने और मरने के बीच जीवन भी होता है।

वे आजादी से पहले के अपने मुल्क की उन बेटियों में से एक थीं जो जानती थीं कि जिस घर में पैदा हुई हैं, वह उनका घर नहीं है। उनका अपना घर कहाँ है, किधर है, कब होगा—इसे न उनकी माँ जानती थी, न बाप। वे सिर्फ इतना जानते थे कि बेटी को चूल्हा चक्की, झाड़ू बुहारू करना जानना चाहिए, बर्तन भाँड़ा माँजना आना चाहिए, गोबर पाथना और आँगन पोतना आना चाहिए, सेर, अढ़ैया पौवा आना चाहिए। यह अनिवार्य योग्यता थी शादी की। बाकी सिलाई-तंगाई और चिट्ठी-पत्री बाँचना भी जानती हो तो सोने पर सुहागा। वर की खोज करते समय ध्यान इतना ही रखा जाता था कि वह निरा बौड़म न हो। विशेष ध्यान दिया जाता था विरासत में मिलनेवाली उसकी जगह-जमीन, हल-बैल, खेती-बारी पर। अगर दूध-दही भी ऊपर से साल भर मिलता रहे तो क्या कहने...?

इधर बेटी की माहवारी शुरू होती, उधर बाप अपना कुर्ता-धोती सबुनाना और टीनोपाल में भिगोना शुरू कर देता—वर की खोज पर निकलने के लिए।

उन दिनों ऐसी ही शादियों का चलन था पूर्वांचल में। हाईस्कूल तक तो गनीमत, लेकिन लड़का अगर इंटरमीडिएट से आगे बढ़ गया बगैर विवाह के; इसका मतलब कि या तो लड़के में कोई ऐब है या उसके खानदान में।

यह ऐब कोढ़, मिरगी, बरम, जात-कुजात किसी भी तरह का हो सकता था। क्यों ? क्योंकि शादी-ब्याह करके नहीं पढ़ते हैं क्या लोग ?...इस तरह शादियाँ हो जाती, पढ़ना जारी रहता और लिखाई-पढ़ाई करके निकल जाते नौकरी की तलाश में बनारस, कलकत्ता, बम्बई। आठ-दस साल बाद बेटी को पता चलता कि वह गाँव के लिए है, शहर में कोई दूसरी है उसके पति के लिए—पढ़ी लिखी और उसके मनमाफिफ।

आज़ादी के शुरुआती दस-पंद्रह सालों में हर गाँव में ऐसे युवकों की संख्या दो-चार में तो थी ही।

इस तरह ज़िन्दगियाँ तीनों नहीं तो कम तो कम दो तो तबाह हुईं ही और इसमें भी दो राय नहीं कि यह तबाही बेटी के हिस्से ज़्यादा गई।

ऐसी ही शादी थी दुर्गावती नदी के किनारे बसे मचखियाँ निवासी नवाब सिंह की बेटी की।

नवाब सिंह पिछले कुछ सालों से जाने कहाँ-कहाँ चक्कर काट रहे थे और थक गए थे। उन्हें क्या पता कि जन्म के समय ही विधाता ने उनकी बेटी के पति के कॉलम में 'नामवर' नाम लिख रखा है।

तीन भाइयों के संयुक्त परिवार में मँझले भाई नागर सिंह, गाँव के पहले पढ़े लिखे नौकरीपेशा, प्राइमरी स्कूल के मास्टर, दस बीघे खेतों के हिस्सेदार, हार्निया को जानलेवा रोग समझने वाले नागर सिंह। इन्हीं नागर सिंह के बड़े पुत्र नामवर जिन्हें उनके पिता 'बड़के जने' छोड़ कर, नामवर कभी नहीं बोले। लड़का लम्बा, सुन्दर, जहीन। उदय प्रताप कॉलेज में हाईस्कूल का विद्यार्थी। हर महीने वजीफा की कमाई अभी से। नार्मल की ट्रेनिंग कर लेगा तो मिडिल की मास्टरी कहीं गई नहीं। खेती-बारी भी देखेगा और आमदनी भी होती रहेगी। अगर कहीं शहर की हवा लग गई तो बेहाथ हो जाएगा। यही सही वक़्त है लगाम भी लगाने का।

नामवर को पता नहीं और पिताजी ने जबान दे दी। न पूछा-ताछा, ना जाँचा-परखा, न देखा-ताका। जबान दे दी, तो दे दी। नामवर बहुत आगबबूला हुए, बहुत रोए-गाए, कोई रास्ता न देख भाग खड़े हुए। पिताजी ने सोचा—जवानी का जोश है, बीवी आ जाएगी तो सब ठीक हो जाएगा। यह बात उनके दिमाग़ में आ ही नहीं सकती थी कि वे अपनी जबान के ठीहे पर अपने बेटे को ही नहीं, दूसरे की बेटी को भी हलाल करने जा रहे हैं।

पकड़ मँगाए गए नामवर और शादी धूमधाम से हुई। आठ-नौ साल का छोटा भाई मैं—उनका सहबाला बना। पालकी में जामा जोरा में नामवर एक सिरे पर, दूसरे सिरे पर मैं, बीच में हमारे पाँवों के पास पड़ा मउर। इतना ही याद है कि वे गुमसुम और चिन्तित थे। चेहरे पर ब्याह की खुशी का कोई अता-पता नहीं था।

भौजी आईं तीसरे दिन डोली में। वे साँवली, सलोनी और हृष्ट-पुष्ट थीं। घराने की औरतों ने देखा और सबने तारीफ़ की। स्वभाव से गम्भीर और कम बोलने वाली—लेकिन जहाँ तक जोड़े का सवाल है—'मेल नहीं, कहाँ अपने नामवर और कहाँ दुलहिन ?' यह भी उन्हीं के मुँह से सुना।

और हुआ वही जो पिताजी ने सोचा था। '45 में शादी हुई और '48 में विजय पैदा हुआ। सारा घर खुश और सबसे ज़्यादा पिताजी कि उनके फ़ैसले में कहीं कोई ग़लती नहीं हुई।

तीन सास, तीन जेठानियाँ और पाँच-छह छोटे-बड़े देवर और आँगन और कोठरियों में लड़ते, झगड़ते, खेलते, रोते बच्चे-बच्चियाँ। इन्हीं के बीच भौजी अपने काम से काम रखतीं। सबसे छोटी होने के कारण सुनना और सबको देखना भी था। पिताजी, माँ और चाचाओं के पास जितना प्यार था, सब विजय के लिए।

मुझे नहीं याद कि भैया ने कभी भौजी को दिन के उजाले में देखा हो। भौजी ने भी उन्हें देखा होगा तो घूँघट से ही। साल में एक दो बार ही सही, बनारस से घर आते वे। इतने बेहया भी नहीं थे गाँव की नज़रों में कि औरत आ गई तो जब-तब दौड़ा करें। भौजी दिन भर पूरा नहीं, तो आधा घूँघट में ही रहतीं हमेशा। यहाँ तक कि औरतों के साथ नित्यकर्म के लिए रात और भिनुसार बाहर निकलतीं तो भी घूँघट में ही।

एक रिवाज़ था गाँव का, घराने का भी। जिसे किसी रात पत्नी के साथ सोना होता, वह सबसे अन्त में खाने जाता, उसे थाली उसकी औरत ही परोसती। मर्द इशारे से या फुसफुसा कर अपने आने की बात बता देता। यह बहुत कुछ पूर्वनिर्धारित रहता। औरतें भी जानतीं और मर्द भी। इसमें अगर किसी तरह का असमंजस होता तो मर्द रात में कोठरी में घुसने से पहले बाहर खड़ाऊँ छोड़ जाता।

मेरा ख़्याल है कि नामवर के वैवाहिक जीवन की चन्द रातें भी इसी

शैली में गुजरी होंगी जिसका सुफल विजय था।

सच पूछिए तो नामवर को ठीक से तब तक न पिता जी जानते थे, न हम दोनों भाई। भौजी का तो सवाल ही नहीं था। 1941 में उन्होंने गाँव छोड़ा था। छुट्टियों में दो-चार दिनों के लिए जब कभी आते, गाँव में छोटे-बड़े सबसे मिलते और चले जाते।

हमें इतना पता था कि 'कवी' हैं। पिताजी इतना जातने थे कि डेढ़-दो साल पहले विश्वविद्यालय की पढ़ाई खत्म कर चुके हैं। उसके बाद भी वहाँ क्यों पड़े हुए हैं—यह नहीं समझ पाते थे।

पिताजी के भाइयों में एक ठंडा तनाव था लेकिन घर के अंदर भयावह कलह। और वह बढ़ता जा रहा था। मैं हाईस्कूल का इम्तिहान देने जा रहा था और मँझले भाई इंटर का। जुलाई से विजय की भी पढ़ाई शुरू होनी थी। बँटवारे की धौंस दो-तीन साल पहले से ही दी जा रही थी लेकिन बेटों के हित में पिताजी सहते और टालते जा रहे थे। वे खुद खेतीबारी में अनाड़ी थे। लेकिन अब टालना सम्भव नहीं रह गया था। वे परेशान और चिन्तित।

ऐसे ही में उन्होंने बनारस से भैया को बुलाया। भैया चुपचाप उन्हें सुनते रहे और कुछ नहीं बोले। मेरी जानकारी में यह 'पिता-पुत्र' का पहला लम्बा संवाद था—दस-पन्द्रह मिनट का। इससे पहले 'कब आए ? कब जाना है ?' से अधिक कभी नहीं सुना था।

शाम को पिताजी और उनके दोनों भाई जुटे। भैया ने व्यवहार में कभी उन तीनों में फर्क नहीं किया था। वे भी शायद पहली बार मुँह खोल रहे थे उन तीनों के सामने। सिर्फ़ निवेदनवश। वह कुछ इस तरह था जो मुझे याद है—"आप तीनों मेरे पिता हैं। कभी जबान नहीं खोली आप सबके सामने। लेकिन जो कुछ देखा-सुना उसी के आधार पर कहना चाहता हूँ कि बात और बिगड़े और लोग हम पर हँसें, इसके पहले आप तीनों अलग हो जाएँ। आपस में प्रेम बना रहे, इसके लिए भी यह ज़रूरी है।

"इतना ध्यान रखें कि गाँव से बाहर किसी को खबर न हो। किसी रिश्तेदार या पास-पड़ोस के किसी आदमी को पंचायत करने का मौका न मिले। इसी में आपकी प्रतिष्ठा है।"

और अन्तिम बात उन्होंने पिताजी से कही—"बड़का बाबू घर के मालिक हैं। और कक्का आपके छोटे भाई। बड़का बाबू जो उचित और सही समझेंगे, बिना भेद के करेंगे। इतना विश्वास कीजिए और सिर झुका कर स्वीकार कीजिए।

"मेरी यही सलाह है, बाकी आप लोग बड़े हैं, जो ठीक समझें, करें।"

वे बड़का बाबू के पैताने बैठे थे, उठकर खड़े हो गए आधे घंटे के अन्दर।

तीनों ने घर के अपने ही एक बच्चे की ऐसी 'निःसंगता' की कल्पना नहीं की थी।

अगली सुबह वे लौट गए पिता जी से यह कहते हुए कि पढ़ाई न रामजी की बन्द होगी, न काशी की। आप स्कूल मत छोड़िए, उतना ही कीजिए जितना बन पड़े, जो हँसें उन्हें हँसने दीजिए। अधिक से अधिक यही होगा कि फसल नहीं होगी या कम होगी।

गाँव पर हम दोनों भाई भैया के आगे पीछे रहते थे—हर समय और हर जगह। यह हमने देखा कि जिस पिता के सामने हमीं नहीं, भैया ने भी, कभी कुछ कहने की हिम्मत नहीं की थी, उसी के सामने बड़े बेटे की ज़िम्मेदारी के साथ बोलते रहे, और वे सुनते रहे।

बँटवारा हो गया—वैसे ही जैसे भैया ने कहा था।

किसी को खबर तक नहीं लगी—न विवाद, न मनमुटाव, न कहासुनी, न शिकवा-शिकायत ! तीनों दुखी, लेकिन सन्तुष्ट।

पिता जी के हिस्से दो बैल, दस बीघे खेत, घर की दो कोठरियाँ, आँगन और रसोई के आधे-आधे भाग आए। दुआर साझा—जब तक सबके अपने-अपने न हो जाएँ।

बँटवारे से सबसे खुश औरतें थीं। काम का बोझ खत्म। आँगन छोटा हो गया था—न बुहारने में दिक्कत, न लीपने में। खानेवाले कम हो गए थे—चाहे जब पका लो—राशन खर्च भी कम, मेहनत भी कम। दिन भर ढेकी चलाने, मूसल कूटने और जाँता पीसने से छुट्टी। बर्तन कम हो गए थे—जब चाहे माँज लो। गाय भैंस थी नहीं कि दूध गरमाओ, दही जमाओ। अब तो भौजी की मदद के लिए एक देवरानी भी आ गई थी। और देखो तो अब दो औरतों का काम ही नहीं रह गया था घर में।

इसी समय खबर आई कि विश्वविद्यालय के हिन्दी विभाग में भैया की नौकरी लग गई।

इस समाचार से सब खुश थे लेकिन सबसे ज़्यादा भौजी। सही भी था। ब्याह कर आए आठ साल हो गए थे और अब तक वे किसके पीछे मर-खप

रही थीं ? सास-ससुर, जेठ-जेठानी, देवर-देवरानी, इनके बच्चे। क्या इन्हीं के लिए ब्याही गई थीं ? अपना 'मरद' कहाँ था इनमें ? उन्हें याद आई होंगी अपनी सखियाँ। अपने रिश्तेदार-नातेदार भी याद आए होंगे जो परदेश में अपने बीवी और बच्चों के साथ मौज कर रहे हैं। भौजी के भीतर भी सपने उग आए होंगे कि अब उन्हें भी जीयनपुर के सारे झमेलों से छुट्टी मिल जाएगी और चली जाएँगी अपने आदमी के पास। वहाँ उनका अपना घर होगा, अपना राज होगा, वे होंगी, उनका मरद होगा, बेटा होगा—बस। और यह सोचना सही भी था। पास-पड़ोस के गाँवों के नौकरिहा यही कर रहे थे।

इन सपनों में पहला पलीता लगाया पिताजी ने कि वे अपने पोते को अपने से तब तक दूर नहीं करेंगे जब तक उसकी बुनियाद मजबूत नहीं हो जाएगी और वह हाईस्कूल नहीं कर लेगा। उन्हें शहर की पढ़ाई पर भरोसा नहीं था। बिगड़ सकता है बच्चा। कोई देखने-ताकनेवाला भी न होगा। इन सारी बातों के पीछे उनका उससे भावनात्मक लगाव भी था। बेटों से जीवन भर बातें नहीं कर सके थे लेकिन वह उनका मुँहलगा था। दिन भर उलझे रहते थे उससे।

दूसरा पलीता पहले ही लग चुका था—यदि उसे भी पलीता मानें तो।

'रामजी भी पढ़ेंगे और काशी भी। पढ़ाई किसी की बन्द नहीं होगी।'—बोल गए थे भैया। इसका मतलब इनमें से एक शहर जाएगा और जाएगा वह जिसके लिए गाँव पर पढ़ाई की गुंजाइश नहीं। रामजी इंटर कर चुके थे। गाँवों में कहीं डिग्री कॉलेज नहीं। काशी तो शहीद गाँव से इंटर कर भी सकते हैं लेकिन रामजी ?

पिताजी एक दूसरी मुश्किल में उलझे थे—वे तो रहेंगे दिनभर स्कूल—गाँव से एक-डेढ़ मील दूर यहाँ घर कौन देखेगा ? उस बीच कोई जरूरत पड़ी तो ? रोपनी है, जुताई है, हेंगाई है, बुवाई है, कटिया है, दौंरी है, खेत-खलिहान है, आया-गया है, बनिहार कर रहा है—नहीं कर रहा है, बँटवारे का पहला ही साल है, कौन देखेगा ? काशी अभी छोटा है, कोई अनुभव भी नहीं। अगर रामजी भी चले गए तो क्या होगा ?

एक नई समस्या। पिताजी ने भैया के सामने रखी।

भैया दुविधा में। उन्होंने यह बात हम दोनों भाइयों के सामने रखी।

रामजी भैया ने मेरे चेहरे की ओर देखा–"ऐसा है भैया कि आप काशी को ले जाइए। यह पढ़ने में भी तेज है और इतना सब इसके वश का भी नहीं। मैं तो प्राइवेट भी बी.ए. कर सकता हूँ।" यह कहते हुए उन्होंने मेरा ही नहीं, भैया का मन भी पढ़ लिया था।

मैं स्वार्थी और घुन्ना। एक बार भी मेरे मुँह से नहीं निकला कि ये झूठ बोल रहे हैं। इन्हें ही जाना चाहिए। मैं सब देख भी लूँगा और पढ़ भी लूँगा। जब सुविधाएँ हैं तो प्राइवेट क्यों ?

(लोगो, 'भाई और भाई के प्रेम' को हम तीनों भाइयों में सबसे ज़्यादा भुगता है रामजी भैया ने–इतना कि कभी-कभी मैं आत्मग्लानि से भर उठता हूँ। एक बार उनकी पढ़ाई का क्रम जो टूटा सो टूट ही गया–वे कई बार कोशिश करने के बाद भी बी.ए. नहीं कर सके–मजबूरी में उन्हें 'चकबन्दी काननूगो' की मामूली-सी नौकरी करनी पड़ी। सारी ज़िन्दगी भौजी उन्हें कोसती रहीं और वे चुपचाप सहते रहे–उनके बेटे-बेटियों ने 'भ्रातृ प्रेम' के इस अपराध के लिए उन्हें कभी क्षमा नहीं किया।)

इस तरह काशी का जाना पक्का।

अब रह गया मसला औरतों का। अब तक बाबा के साथ रह कर विजय के पढ़ने के निर्णय के बावजूद भौजी ने बनारस का मन बना लिया था। कारण, वह माँ से ज़्यादा दादी से जुड़ा था। भौजी जानती थीं कि उसके लिए उनके रहने न रहने से कोई फर्क नहीं पड़ने वाला।

इसी बीच भैया का सन्देशा आया पिताजी के नाम कि माँ के साथ काशी को भेज दीजिए। ऐसा लगा जैसे पूरे गाँव की नज़र रही हो नामवर पर कि देखो, माँ और बीवी में से किसे ले जाते हैं नामवर ? नामवर इस निर्णय से अपने कद से तो ऊँचे उठ गए लेकिन बहुओं और भौजी की नज़र में ?

माँ से ही उम्मीद रह गई थी भौजी को और उन्हें कुछ ऐसा लगा जैसे बेटे के साथ खुसुर-फुसुर करके माँ ने ही उनके साथ धोखा किया हो।

पता नहीं, भैया ने पहले भौजी को अपनी यह योजना समझाई थी या नहीं लेकिन माँ जब बनारस के लिए चली तो वह भौजी की निगाह में सास से ज़्यादा शत्रु थी।

वह इस वादे के साथ गई कि जल्दी ही लौटेगी और उन्हें भेजेगी।

2

भैया ने घर लिया था किराए का—लोलार्क कुंड पर। भदैनी मुहल्ले में। मौजूदा घर के बगल में जहाँ आज मझले भाई का परिवार है। गंगा के किनारे। तुलसी घाट के पास। मकान लेते समय कई बातों का ध्यान रखा था—अपने विश्वविद्यालय का भी, भाई के कॉलेज का भी, माँ-बाप के गंगा स्नान का भी। सब्जी और राशन के लिए बाजार भी पास था।

एक के ऊपर एक तीन कोठरियाँ और उनके ऊपर छत। छत पर खड़े हो जाओ तो सीधे गंगा की हवा आए। गर्मी की रातें इसी पर बीतती थीं पूरे परिवार की।

छतें—कोठरियों की छतें इतनी नीची थीं कि उनमें पंखे ही नहीं लग सकते थे। शायद कभी हैसियत भी नहीं रही पंखे लगवाने की। वे जून में एक टेबुलफैन लाते थे भाड़े पर अपनी कोठरी के लिए।

तो, यही वह घर था जिसे उन्होंने बासाया जुलाई सन् 53 में।

माँ और भाई के साथ।

बनारस में अब तक के बारह साल उदय प्रताप कॉलेज और विश्वविद्यालय के छात्रावासों और लॉजों में गुजरे थे।

वे रिक्शे पर इस घर में तीन सामान लेकर आए थे—एक टिन का बक्सा, एक चटाई और एक मुनीमी डेस्क। किताबें और पत्रिकाएँ हमारे आने के बाद तक लाई जाती रहीं।

अब घर के बारे में विस्तार से—

किवाड़ खुलते ही तीन कदम पर पहली कोठरी बैठक। मैं इसी में लिखता, पढ़ता और सोता था। कोई मिलने-जुलने आया तो मैं कमरे से बाहर। भैया यहीं लोगों से मिलते थे, बतियाते थे और लम्बी बहसें करते थे। चार खाने वाले टिन के छह रैक थे किताबों से भरे हुए। कुछ भरे, कुछ लदे। दीवार में दो आलमारियाँ थीं—संस्कृत, प्राकृत, अपभ्रंश और मार्क्सवाद की ग्रन्थावलियों से भरी हुई। एक चौकी थी और चार कुर्सियाँ। गाँव से

अस्पताल या बाज़ार या स्नान के काम से बराबर आते रहते थे लोग, कभी-कभी लेखक भी आया करते थे तब मुझे रसोई में सोना पड़ता था। इसी कोठरी में मैंने हिन्दी के अधिकांश बड़े-छोटे लेखकों को देखा। 'रेणु' को भी पहली और अंतिम बार यहीं देखा था।

कोठरी से बाहर आने पर दाईं तरफ़ खड़ी सीढ़ियाँ। सीढ़ियों के नीचे नल, जहाँ बैठने और खड़ा होने की जगह थी। यही 'स्पेस' हमारा बाथरूम था।

पहली मंजिल की कोठरी में दीवार के एक तरफ़ लकड़ी के कई टाँड़ थे—किताबों, पत्रिकाओं, चिट्ठीपत्री के बंडलों और पांडुलिपियों के लिए। इनके सिवा एक खटिया, एक डारा कपड़े टाँगने के लिए और दो टिन के बक्से। इन्हीं में एक बक्सा भैया का था जिसमें सार्टिफिकेट्स, डायरियाँ, कुछ ज़रूरी काग़ज-पत्र और कुर्ता-धोती थे। खटिया माँ के लिए थी—खाना बनाने-खिलाने के बाद उस पर बैठ कर गाए, रोए या सोए।

इस कोठरी के आगे थीं खड़ी सीढ़ियाँ जो रसोई की कोठरी में जाती थीं।

भैया की कोठरी थोड़ी अलग थी—पहली मंजिल पर। सीढ़ियों के बगल में एक गलियारा जाता था दायीं तरफ़; बन्दरों से बचाव के लिए लोहे की जालियों से घिरा हुआ। वह गलियारा उन्हीं की कोठरी में खत्म होता था।

लम्बी पतली कोठरी—12×7 फीट के क़रीब। इसे कमरा भी कहा जा सकता था क्योंकि इसमें दो खिड़कियाँ भी थीं। कमरे के एक सिरे पर चौकी और दूसरे सिरे पर चटाई। बीच में मेज के साथ कुर्सी और उसके बगल में दो रैक। एक रैक में वे किताबें रहतीं जिनकी उन्हें बराबर ज़रूरत पड़ती और दूसरे रैक में वे जिन्हें दो-चार दिन में घर या बाहर कहीं लौटना होता। मेज पर ज़्यादातर कोर्स की किताबें रहतीं। डेस्क चटाई पर था जिसके ऊपरी खाने में लाइब्रेरी और बैंक के पासबुक थे और निचले खाने में घरखर्च के पैसे ? ताले कभी नहीं लगे डेस्क में।

वे कभी चटाई पर सो जाते, कभी अपनी चौकी पर। चाय, नाश्ता, खाना सामूहिक रूप से चटाई पर ही करते।

उनकी चौकी के चारों कोने हिन्दी-अंग्रेजी की पत्रिकाओं, नई खरीदी किताबों, सफ़ेद काग़ज के जिस्तों और रोलदार पेंसिलों से घिरे रहते। पढ़ने

के समय पेंसिल, लिखने के समय कलम। चौकी पर होते तो घुटनों पर लिखते, चटाई पर होते तो डेस्क पर। मेज का इस्तेमाल क्लासनोट्स के लिए करते। जब नहीं लिखते तब गंजी और तहमद में पसीने-पसीने एक रैक से दूसरे रैक तक ऊपर नीचे नाचते रहते।

इसी कमरे में नामवर '53 से '59 तक रहे। जुलाई से जुलाई तक।

यह कमरा नामवर के अध्यापक, समीक्षक और साहित्यिक-सांस्कृतिक कार्यकर्ता का 'लेबर रूम' था। इसी कमरे से विश्वविद्यालय की नौकरी शुरू की और यहीं रहने के दौरान निकाले गए।

इसी कमरे में मेरा परिचय अपने बड़े भाई से भी हुआ और नामवर से भी।

इसी कमरे में उन्होंने छात्रों के लिए वे 'क्लासनोट्स' तैयार किए जो 'आधुनिक साहित्य की प्रवृत्तियाँ' के नाम से छपे।

इसी कमरे में दस-ग्यारह दिनों में 'छायावाद' लिखी।

इसी कमरे में अठारह दिनों के अन्दर 'पृथ्वीराज रासो की भाषा' लिखी।

'कहानी : नई कहानी' और 'इतिहास और आलोचना' के ज़्यादातर लेख रात भर जाग कर इसी कमरे में लिखे गए थे।

जाने यह कमरा कैसे एक बार पहुँच गया दिल्ली और दस-बारह दिनों में 'दूसरी परम्परा की खोज' करके गुम हो गया।

ऐसा कमरा कि काग़ज-कलम के साथ शाम को बैठो और सुबह उठो तो लेख हाथ में।

इतना इतमीनान और सुकून, इतना चैन और फुर्सत, इतनी निश्चिन्तता और एकाग्रता फिर कभी नहीं दिखी उनके जीवन में। व्यस्तता उन दिनों भी कम नहीं थी लेकिन उसकी शक्ल दूसरी थी। वह उनकी एकाग्रता का रास्ता काटने के बजाय उसके संग हो लेती थी।

मुझे कभी-कभी लगता है, वह देश के कोने-कोने में नगर-नगर, कस्बा-कस्बा, गाँव-गाँव घूम कर वही कमरा ढूँढ रहे हैं—वही बारिश में टपकता रिसता कमरा, ठंड में कठुआया काँपता कमरा, ऊमस में पसीने से नहाया कमरा।

यह कमरा भौजी की सौत था।

लोलार्क कुंड पर रहने के थोड़े दिनों बाद ही मुझे लग चुका था कि भौजी

भैया की कार्यसूची में फिलहाल थीं ही नहीं; भौजी क्या, परिवार भी वहीं तक था जहाँ तक उनके रास्ते में न आए। हों घर के लोग जरूर; लेकिन वे ही, जो उन्हें निश्चिन्त रखें।

और यह 'फिलहाल' कुछ ज़्यादा लम्बा था। जबकि उनकी उम्र अभी पच्चीस साल की थी।

वे सुबह शाम के समय जो बातें करते थे उनसे मैंने नतीजा निकाला कि उनके आगे तीन चुनौतियाँ हैं—पहाड़ जैसी और वे उन दिनों उन्हीं से जूझ रहे हैं—

पहली चुनौती थी काशी के सनातनी पंडित और आचार्य जो कहते थे कि शास्त्र ज्ञान के बिना हिन्दी क्या ? जिन्होंने न तो संस्कृत की लिखाई-पढ़ाई की, न गुरुमुख से सीखा, न काव्यशास्त्र का ज्ञान, न परम्परा का, वे विद्वान कैसे हुए ? वे आचार्य हजारीप्रसाद द्विवेदी का भी उपहास कर रहे थे—और खुलेआम।

दूसरी, अगर नामवर को विद्वान भी मानें तो ऐसी भाषा का जिसे न कोई पढ़ता है, न जिसका भविष्य है। अपभ्रंश क्या चीज है भई ? न संस्कृत में, न हिन्दी में। आना है तो मैदान में आओ, गीत कविता से काम नहीं चलेगा, आलोचना में उतरो तो जानें। नामवर ने देखा कि शुक्ल जी आलोचना की सीमा थे, उनके आगे शून्य। द्विवेदी जी तक मध्यकाल के आगे नहीं जा सके थे। छायावाद को ही ठीक से नहीं समझा जा रहा था तो नवलेखन की कौन कहे ?

ये दोनों चुनौतियाँ ज़ल्दी की नहीं थीं लेकिन अध्यापक के रूप में सफलता-असफलता पर तो उनका भविष्य टिका था। वे अस्थायी थे। विभाग में एक से एक दिग्गज अध्यापक। एक-एक विधा और एक-एक कालखंड के। 'आर्ट्स कॉलेज' के लगभग सभी विभागों में यही था। हिन्दी में ही द्विवेदी जी और मिश्र जी के अध्यापन से होड़ लेने की न किसी में योग्यता थी, न क्षमता। साफ है कि अध्यापक के रूप में उनकी 'छवि' जुड़ी हुई थी द्विवेदी जी की प्रतिष्ठा से भी।

इन चुनौतियों ने और चाहे जो किया हो—न किया हो; घर को किताबों-पत्रिकाओं का गोदाम तो बना ही दिया।

संयोग देखिए कि दो साल बाद ही वे मेरे गुरु हुए और मैं उनका विद्यार्थी।

सन् '55 की बात है।

वे न कभी मेरे साथ विश्वविद्यालय गए और न कभी कैम्पस में मुझे पहचाना।

मेरा नाम न तो उनके सेक्शन में था, न रजिस्टर में लेकिन दो साल उनके किसी न किसी क्लास में पढ़ता रहा। जब हर सेक्शन के लड़के यही कर रहे थे तो मैं कैसे पीछे रहता ? लेकिन एक-दो को छोड़कर बैठकर पढ़ने की नौबत किसी क्लास में नहीं आई। कभी दरवाजे पर खड़ा रहा, कभी खिड़की पर। नोट्स भी लिये तो खड़े-खड़े या धक्कामुक्की के बीच।

अब तक कमच्छा पर पढ़ते हुए उनके बारे में सुनता आया था और वह भी कॉमर्स और विज्ञान के दोस्तों से लेकिन देखा अब।

वे विभाग के ही श्रीकृष्ण लाल द्वारा सम्पादित 'हिन्दी कहानियाँ' पढ़ाते थे। इस संग्रह में—'उसने कहा था', 'आकाशदीप', 'पुरस्कार', 'बूढ़ी काकी', 'पूस की रात', 'जाह्नवी' और 'रोज' जैसी कहानियाँ थीं।

हिन्दी कहानियों के सात सेक्शन थे—एक ही बिल्डिंग, एक ही समय, सात कमरे और सात अध्यापक। इन्हीं में एक नामवर थे। उनका कमरे में आना, खड़ा होना, हाजिरी लेना, मेज पर बैठना, किताब खोलना और बन्द करके मेज पर रख देना—सब अलग और अपना था दूसरे अध्यापकों से। वे क्लास में कहानी कभी नहीं बाँचते थे, वे उसे किताब के पन्नों से निकालकर बाहर रख देते थे—रोजमर्रे के जीवन के बीच; लिहाजा हर विद्यार्थी किसी समय की लिखी कहानी को अपने अनुभव के आसपास देखने लगता था। और इसके लिए उन्होंने शैली अपनाई थी 'बकलमखुद' की। ललित और व्यक्तिव्यंजक निबन्धों वाली। आत्मीय, अनौपचारिक और जिन्दादिली से भरपूर। मुक्ताकाशीय। जिस तरह दूसरे अध्यापकों की शास्त्रीय और तात्त्विक शैली कहानी की रेड़ मार देती थी, उसे अपाठ्य नीरस गद्य बना कर छोड़ देती थी उससे अलग। मुक्ताकाशीय—यह नहीं कि कहानी को चाँपकर बैठ जाओ, न उसे कहीं हिलने-डुलने दो, न खुद हाथ-पाँव मारो।

ऐसा लगता था जैसे वे कहानी की नाड़ी पर उँगली रख रहे हों। वे कहते थे—हर कहानी की नाड़ी का 'स्पन्दन' कभी किसी शब्द में होता है, कभी कुछ वाक्यों में। उन्हीं से वे कहानी और कहानीकार का 'राग' समझते और समझाते थे। राग भी और स्वास्थ्य भी। उनसे सुने हुए पचास वर्ष हो रहे हैं लेकिन आज भी कुछ कहानियों के राग याद हैं। 'उसने कहा था'

कहानी से उन्होंने चुना था–'कुड़माई' और 'वजीरा पानी पिला', 'आकाशदीप' से 'अँधेर है जलदस्यु...तुम्हें घृणा करती हूँ फिर भी तुम्हारे लिए मर सकती हूँ', 'पूस की रात' कहानी में नील गायों द्वारा खेत चर लिए जाने के बाद हलकू का कहना–'ठंड की रात में यहाँ सोना तो न पड़ेगा'...इस तरह एक कहानी खत्म होती थी दो-तीन पीरियड में।

एक और बात थी जो हिन्दीतर–समाजशास्त्र, राजनीति, इतिहास, दर्शन, संस्कृत से लेकर विज्ञान और इंजीनियरिंग के छात्रों को आकृष्ट करती थी। नामवर अपने लिबास में तो खांटी हिन्दी वाले थे लेकिन सोच, विचार, व्यवहार और ज़ानकारियों में हिन्दी अध्यापकों की पुरातन अैर पोंगापंथी छवि तोड़ रहे थे। वे कहानी पढ़ा लेने के बाद छात्रों को प्रश्नाकुल ही नहीं बनाते थे, उन्हें 'संवाद' के लिए आमन्त्रित भी करते थे। यह एक नई परम्परा थी जो हिन्दी ही नहीं, किसी भी विभाग में नहीं थी। अध्यापक छात्रों को सिर्फ श्रोता समझता था और अपने वचन को आप्त वाक्य। इससे उलट नामवर इस छेड़छाड़ में मजा लेते थे। इस समय उनका 'विट', 'हाजिरजबाबी', 'हँसी-मजाक', 'व्यंग्य' और 'ज्ञान भंडार' देखते बनता था। विद्यार्थी उन्हीं के चर्चे छात्रावासों और सड़कों पर करते फिरते थे।

यह ज़िक्र विस्तार से इसलिए कि दो बातें नोट की जाएँ–

एक तो यह कि इलाहाबाद से 'कहानी' पत्रिका निकलनी शुरू हुई सन् '54 से और उसी पत्रिका के नववर्षांक '56 में 'आज की कहानी' पर नामवर का पहला लेख आया। इससे पहले वे कविता के अलोचक थे। क्या इसका यह मतलब नहीं कि कहानी की कक्षाएँ ही उन्हें 'कहानी : नई कहानी' में संकलित स्तम्भ की ओर ले गईं ? क्या वे कक्षाएँ उनके भावी कथालोचक का रिहर्सल नहीं थीं ?

दूसरे यह कि जिस आलोचना को उन्होंने 'सहयोगी प्रयास' कहा है, वह भी कक्षा के व्यावहारिक प्रयोगों की सफलता से ही जनमा लगता है। इसी 'सहयोगी प्रयास' की अवधारणा का अगला कदम 'संवाद' है जिसमें मुझे जाने-अनजाने काशी की शास्त्रार्थ परम्परा की गन्ध मिलती रही है।

लोगो, मैंने उनसे सिर्फ कहानियाँ ही नहीं; नाटक, कविता, गद्य और भाषाविज्ञान भी पढ़ा था कक्षा में। आचार्य विश्वनाथ प्रसाद मिश्र से भी पढ़ा था और द्विवेदी जी से भी। आचार्य द्विवेदी अप्रतिम वक्ता तो थे लेकिन अध्यापक उतने अच्छे नहीं थे जितने मिश्र जी। रीतिकाल जीने और रीतिकाव्य पढ़नेवाले मिश्र जी 'दूध का दूध और पानी का पानी करनेवाले'

अध्यापक थे। बिहारी, घनानन्द और केशव के 'टेक्स्ट' का वैसा अध्यापक अब ढूँढ़े न मिलेगा। वे एक कुशल गोताखोर की तरह छन्द में डुबकी लगाते थे और एक-एक शब्द का मरम और अनर्थ का भरम भेदते हुए रस, अलंकार, लक्षणा, व्यंजना को लिए-दिए बाहर निकल आते थे। यही परम्परागत शैली थी अध्यापक की, लाला भगवानदीन के जमाने से। मिश्र जी हँसी, मजाक, व्यंग्य भी करते थे तो अनुप्रास, श्लेष, यमक में।

लेकिन रीतिकाल से बाहर आते ही मिश्र जी असहाय हो उठते थे—या तो मजाक उड़ाने लगते या अनर्थ कर बैठते।

दूसरे थे द्विवेदी जी, द्विवेदी जी गोताखोर नहीं, उड़ाका थे। उड़ानें भरनेवाला। टेक्स्ट पर केवल विश्राम के लिए उतरते थे, फिर क्षण भर ठहरकर उड़ान पर निकल जाते थे साहित्य के अनन्त आकाश में। जहाँ अनदेखी दुनिया का विस्तार था। टेक्स्ट में अँट नहीं पाते थे वे। वे परीक्षार्थियों के नहीं, विद्यार्थियों के काम के थे। जिनकी साहित्य में रुचि थी, उन्हें द्विवेदी जी को सुनकर अहसास होता था कि जैसे उनके भी डैने उग आए हैं, कि जैसे वे भी अपनी पाँखें फड़फड़ा सकते हैं, कि जैसे वे भी आकाश में उड़ सकते हैं...लेकिन कभी-कभी ऐसा भी होता था कि द्विवेदी जी आकाश में उड़ते हुए अन्तरिक्ष और फिर अन्तरिक्ष से शून्य में चले जाते थे—और अन्त में रह जाता था अनहदनाद। और वही अमूर्त अनहदनाद गूँजता रह जाता था सुननेवालों के भीतर एक श्रद्धेय आनन्द की अनुभूति के साथ।

नामवर न डूबते थे, न उड़ते थे—उन्होंने पानी को चीरते हुए तैरने का एक ऐसा रास्ता निकाला जिसमें सिर आकाश में रहे और धड़ पानी में। वे बीच-बीच में लहरों से खेलते भी थे और छपाके के साथ किल्लोल भी करते थे।

इसी कला का विकास आगे उन्होंने अपने व्याख्यानों में किया—कठोर और ऊबड़खाबड़ धरती पर। यदि वे 'कामचलाऊ' या 'टालू' या 'रस्मनिभाऊ' या 'हल्के मन' से न बोल रहे हों—और बोलें अपने पूरे 'होम वर्क' के साथ तब सुनिए उन्हें। ऐसे में उन्हें सुनना भोर के उजास में नागफनी के जंगल से गुजरने की तरह होता है। विषय साहित्य का हो या उससे अलग; वह वैसे ही धरती पर उगने, पनपने और बढ़ने लगता है और अपने खुददुरेपन के साथ काँटों, पत्तियों और फूलों समेत जैसे नागफनी। ऐसी राह से गुजरना अखरता इसलिए नहीं कि आपके साथ वह सहयात्री

भी होता है जिसे खतरों की बेहतर जानकारी होती है।

कभी-कभी खंतरे विषय में नहीं, उनके तहखानों में होते हैं। जब वे हमें उतारते हैं उनमें खेतों, खलिहानों और घर-दुआर के भूले-बिसरे प्रसंगों के साथ तो एक कौंध पैदा होती है हमारे मन में, कोने अन्तरे जगमग हो उठते हैं। हमें लगता है, हम वह देख रहे हैं जो हमारी आँखों से ओझल था, जहाँ हमारी नज़र नहीं गई थी और गई भी थी तो जिसे देखना हमें गवारा न था।

और भाषा पर ऐसा निर्बाध नियन्त्रण कि क्या कहिए ? क्या मजाल जो कोई शब्द या वाक्य या मुहावरा उनकी इच्छा के बिना अपनी मर्जी से कहीं ताक-तूककर चुपके से या जबरदस्ती घुस आने की जुर्रत करे।

सुनने में अटपटा लग सकता है लेकिन सच्चाई यह है कि बोलने की यह कला जितनी ईश्वरप्रदत्त नहीं है, उससे अधिक अर्जित है—अपनी मेहनत, लगन और धुन की कमाई। विश्वविद्यालय सिर्फ चार घंटे के लिए था, बाकी दिन के लिए कई जगहें थीं—आर्यभाषा पुस्तकालय, कारमाइकेल लाइब्रेरी, तुलसी पुस्तकालय, गायकवाड़ केन्द्रीय पुस्तकालय, ग्लोब बुक सेन्टर, पीपुल्स बुक हाउस। रात के लिए अपने घर का पत्र-पत्रिकाओं और किताबों का गोदाम था ही। गोदाम इसलिए कि रसोईघर से लेकर दोनों कमरों के टांडों—रैकों और कोने, अन्तरे में फैली हुई थीं ये किताबें। इस गोदाम में प्राण बसते थे उनके। वे हर किताब को और उसकी जगह को पहचानते थे—बेतरतीब और बेढंगे रखे होने के बावजूद। कभी-कभी लगता है, किताबें भी उन्हें पहचानती थीं। कहना कठिन है कि उनमें और किताबों में कौन किसे ज़्यादा प्यार करता और पहचानता था।

घर से बिजली चले जाने के बाद अँधेरे में एक खेल खेलते थे मेरे साथ। अंग्रेजी, हिन्दी, संस्कृत—चाहे जिस किताब का नाम लो—जाते थे, रैक के किसी खाने पर हाथ फेरते थे और जैसे वह खुद-ब-खुद चली आती थी उनकी उँगलियों में। कभी-कभी तो बैठे-बैठे बोल देते थे अमुक रैक, अमुक खाना, बाएँ से पाँचवीं किताब। बिजली आए तो देख लेना।

उनका यह सिलसिला बनारस छोड़ने के बाद भी नहीं थमा।

मैंने तीन बार घर बदला, टिन के रैक बदले लेकिन वे नहीं बदले। इस बदलाव पर उनकी नज़र बराबर लगी रही।

वे जोधपुर रहे हों या दिल्ली, समय-समय पर खबर भेजते रहे—कभी खत से, कभी किसी हाथ से, कभी फोन से—'देखो, कोनेवाले रैक में चौथे खाने में दाएँ से सातवीं या आठवीं पुस्तक। यही नाम है, भिजवाओ' 'देखो,

अमुक नाम है, हरी जिल्द है, लाल रंग के लेटर्स हैं, इसे लकड़ीवाले रैक के ऊपरी खाने में देख लेना।' कभी पाँचवा खाना होता, कभी कोई और। कभी उखड़ी हुई जिल्द होती, कभी प्रकाशन का नाम होता, कभी लेखक का, कभी पत्रिकाओं का बंडल होता। कभी कोई पुस्तक या मैगजीन घर पर न होकर किसी पुस्तकालय में होती जिसे वे पिछली यात्रा में देख गए थे और जिसकी जानकारी लाइब्रेरियन पांडेय को है।

कभी वह पुस्तक या पत्रिका इनमें से कहीं नहीं, नगर के ही किसी विद्वान के पास होती और उसे खुद याद नहीं रहता कि वह उसके पास है। लिखते या कहलवाते—'आदमी जरा सोंठ है या उसकी रुचि नहीं रह गई है किताबों में अब। वह किताब भी उसके किसी काम की नहीं रह गई है लेकिन दौड़ाएगा कई बार। खोजने की जहमत से बचेगा लेकिन हिम्मत मत हारना, बस लगे रहना।

और जब आते तो सीधे लपकते रैक की ओर—"अह ! कितनी याद आई थी इस किताब की जब मैं 'वह' लेख लिख रहा था। किसी के पास नहीं थी यह दिल्ली में। एक सज्जन के पास थी भी तो यह संस्करण नहीं था। दुर्लभ है यह एडीशन। उस जमाने में 'ग्लोब' में सिर्फ दो प्रतियाँ आई थीं। एक मैंने ली, दूसरी उनियाल साहब ने। वे अब रहे नहीं।" कभी धूल और जाले में लिथड़ी कोई किताब ढूँढ़ निकालते—"काशीनाथ जी, आप उस दुख की कल्पना नहीं कर सकते जब किताब आपको नजर आ रही हो, आपके सामने पड़ी हो लेकिन आप छू नहीं सकते, पन्ने पलटकर देख नहीं सकते। यही हालत थी मेरी, जब मैं 'आलोचना' का वह वाला सम्पादकीय लिख रहा था।" वे उसे ऐसे झाड़ते-पोंछते, हाथ फेरते हुए सहलाते जैसे कोई बीमार बच्चा हो—"लेकिन यह बताइए, वह पुस्तक कहाँ गई जो यहाँ पड़ी हुई थी ?"

और फिर वे उसे ढूँढ़ने लग जाते।

ऐसे ही, नामवर के गोदाम में भौजी आईं साल डेढ़ साल बाद। कहिए, आईं क्या, लाई गईं दो बोरिया चावल के साथ गाँव से।

इसमें कहाँ गुंजाइश थी उनके लिए ?

3

थोड़ा वक्त जरूर लगा लेकिन गुंजाइश निकली।

माँ-बाप का दबाव हो या भौजी का स्वभाव और सेवा या निजी जैविक मजबूरी या नैतिक बाध्यता या लोकलाज—या यह सारा कुछ; गुंजाइश निकली।

लोगो, न मैंने कभी भैया से पूछा न भौजी से। भैया से पूछने की हिम्मत नहीं थी और भौजी और देवर के वह रिश्ते नहीं थे जो रीतिकाल और ब्रजमंडल और फिल्मों में बताए दिखाए जाते हैं। थोड़ा बहुत हँसी मजाक भले हो ले, लेकिन अपने यहाँ बड़ी भौजी को माँ जैसी ही मानने का चलन था। इसलिए जो लिख रहा हूँ, वह आँखों के सहारे, बहुत कुछ अटकल से। यही सही है—ऐसा दावा मैं तो क्या, मूर्ख भी नहीं कर सकता।

तो भौजी आईं। भैया की दिनचर्या में कोई फर्क नहीं आया। वे थोड़े असहज और गम्भीर जरूर हो गए। घर का खुला, उन्मुक्त और हँसी-ठट्ठावाला माहौल थोड़ा बोझिल हो गया। वे समझ गए कि यह माँ और पिताजी की योजना है। कई दिनों से माँ अपनी हुक्की के साथ उनके कमरे में चटाई पर बैठ रही थी और बोल रही थी कि उसके बिना गाँव पर सब चौपट हो रहा है। खेत-खलिहान का हिसाब-किताब देखे बिना काम नहीं चल सकता और बहुएँ ड्योढ़ी के बाहर नहीं जा सकतीं। पिताजी को मास्टरी से फुर्सत नहीं।

लगता है काफी सोचने, समझने और विचार करने के बाद उन्होंने अपने मन को समझाया कि हे मन ! जो है, उसे स्वीकार करो। अपने अनुकूल बनाने के लिए जो कर सकते हो करो। यदि नियति में यही है तो यही सही। और यह दो-चार साल की बात नहीं, पूरी ज़िन्दगी की बात है। माँ कै दिन रहेगी तुम्हारे साथ ?

एक दिन भैया ने भौजी से कहा, "देखो, रसोई और झाड़ू बुहारू तो कोई भी कर सकता है लेकिन वह काफी नहीं है। बी.ए. एम.ए. होना जरूरी नहीं

लेकिन जितनी पढ़ाई-लिखाई की है, वह बहुत कम है। मैं कल से किताबें ला रहा हूँ, उन्हें पढ़ा करो और बताया करो कि क्या समझा ? कितना समझा ? समझा भी कि नहीं समझा।" मैं भैया को लंका से किताबें और पत्रिकाएँ लाते हुए देखता था—बालपोथी, बेसिक रीडर, पंचतंत्र और महाभारत की कहानियाँ, बच्चों की पत्रिकाएँ, उन दिनों सचित्र रूसी कहानियों के अनुवाद आते थे बड़ी संख्या में, वे लाते थे। वे आते जाते देखते भी रहते थे कि किताबें पढ़ी जा रही हैं या नहीं।

यह सिलसिला महीनों क्या, साल डेढ़ साल चला।

भौजी बेबस थीं। उनकी कोई दिलचस्पी होती, तब न ! जहाँ वे किताबें पत्रिकाएँ एक बार रख दी जातीं, वहीं पड़ी रहतीं। भौजी के अपने तर्क थे—"गाँव में बिना इसके काम नहीं चल रहा है सबका ? मुहल्ले में ही किस औरत ने पढ़ा है ? कोई नौकरी करनी है कि पढ़ो ? झोंटा खोल कर बेशरम बेहया की तरह जो घूमती रहती हैं, वे अच्छी लगती हैं क्या ?"

भैया का धीरज उनका साथ छोड़ने लगा फिर भी वे हिम्मत नहीं हारे। उन्होंने एक और कोशिश की। एक दिन माँ से बोले, "देख माँ, बहुत-सी औरतें हैं जो लिखना-पढ़ना नहीं जानती हैं। मान लो, मैं घर पर न रहूँ, काशी भी न रहे, कोई न रहे तो ? कई तरह के लोग आते हैं। कुछ को कहना पड़ता है कि नहीं हैं, अमुक जगह गए हैं, इतनी देर या इतने दिन में आएँगे। कुछ हो सकते हैं जिन्हें बिठाना पड़े, चाय के लिए पूछना पड़े, जब तक न आएँ, बातें भी करनी पड़ सकती हैं। कहो उनसे, और कुछ नहीं तो कम से कम यही सीखें।"

लेकिन भौजी के अपने संस्कार। अपनी सीमाएँ। पति की पसंद और इच्छा से बेपरवाह उलटे शिकायत करतीं—"उठना बैठना, बोलना बतियाना कौन नहीं जानता ? यहाँ कोई गूँगी बहरी, लूली लँगड़ी तो है नहीं। किससे किस माने में कम हैं वे। ये सब बहाने हैं।"

यह अंतिम कोशिश थी और वह भी बेकार।

परेशान भौजी भी थीं और हर सूरत में भैया से ज़्यादा ही। वे जब भी झुँझलातीं, बोलने लगतीं—"इससे तो अच्छा था कि मेरा ब्याह किसी खेतिहर या छोटी-मोटी नौकरी वाले से कर दिया गया होता।" और वे अपने माँ-बाप को कोसना शुरू कर देतीं।

परिवार का सबसे छोटा गूँगा-बहरा सदस्य मैं चुपचाप भैया को देखता रहा। देखता रहा कि कैसे धीरे-धीरे उनकी दिलचस्पी अपने 'दाम्पत्य जीवन'

से खत्म हो रही है और वे अपने एकांत की उस समाधि में लौट रहे हैं जिससे तीन-चार साल पहले बाहर आने और दोनों के बीच संतुलन बनाने की कोशिश की थी।

पढ़ना, पढ़ाना, लिखना, मिलना-जुलना, गोष्ठियों, आयोजनों में आना-जाना, पार्टी मीटिंग में हिस्सा लेना, किताबों की दुकानों में बैठना, इसमें कोई कमी न आई थी। न तब, न अब। मैं देखता, कहीं बाहर से लौटते थके हारे; अपने कमरे में जाते और सिरहाने पड़ी कोई किताब उठा लेते। अक्सर पढ़ते-पढ़ते सो जाते उसी तरह माथे पर हाथ रखकर।

यह भी क्या ज़िन्दगी थी।

माँ कभी-कभी उस कमरे में दबे पाँव जाती, दरवाजे पर खड़ी-खड़ी उन्हें देखती रहती और लौट कर मेरे पास बैठ जाती।

मैं जैसे ही उससे कुछ पूछता, वह सिसकने लगती।

माँ पिताजी की तुलना में बेटे के ज़्यादा करीब थी। वह उसे ज़्यादा समझती थी। पिताजी पोते के जन्म के बाद निश्चिन्त हो गए थे, समझ गए थे कि सब ठीक-ठाक है। लेकिन माँ शहर में रहते हुए बेटे की रुचि, रुझान और पसन्द-नापसन्द को जान गई थी। उसे पता चल गया था कि सामान्य घरबारी नहीं है यह। ऐसा नहीं कि इसके सिर कुछ डाल दो, ढोता चला जाए। लिहाजवश भले कुछ न बोले लेकिन ढोएगा नहीं। वह यह भी जान गई थी बेटे को सिर्फ औरत की नहीं, साथी की ज़रूरत है।

वह जब-जब गाँव से आती, भौजी को समझाने की कोशिश करती, उन्हें विभाग से आनेवाली लड़कियों के बीच ले जाना चाहती, उनसे भेंट-मुलाकात और बातचीत कराना चाहती जैसा कि भैया की गैरहाज़िरी में वह खुद करती थीं—अकुंठ भाव से। लेकिन जाने किन कारणों से भौजी इस कोशिश का गलत अर्थ करतीं। उन्हें लगता कि यह अपने बेटे को समझाने के बजाय उलटे उन्हीं को समझा रही हैं।

माँ बेबस थी। शुरू में उसे लगा कि भौजी अपने सेवा-भाव से उसे प्रसन्न और अनुकूल कर लेंगी लेकिन जब बेटा ही किसी और धातु का बना हो तो कोई क्या करे ?

अब उसे भौजी से ज़्यादा बेटे की चिन्ता होने लगी थी।

ऐसे में ही एक दिन भैया आ गए। क्वार की धूप, बिखरे बाल, थका

चेहरा, सूखे होंठ—आकर वहीं बैठे जहाँ हम दोनों बैठे हुए थे। माँ ने उनका चेहरा देखा और अपने को सँभालते-सँभालते फफक पड़ी। भैया ने बारी-बारी से हम दोनों की ओर देखा। समझ तो गए ही होंगे। यह माँ की नई बात नहीं थी। पूछा—"क्या बात है माँ।"

"चिन्ता है, और क्या ?"

"किस बात की चिन्ता ?"

"और किसकी होगी ? देवता की। कि उनका क्या होगा ?"

भैया हम लोगों से बात करते समय भौजी को 'देवता' बोलते थे।

भैया गम्भीर हो गए और देर तक सिर झुकाए बैठे रहे—"ऐसा है माँ कि एक बेटा है। वह पढ़-लिख कर बड़ा होगा, नौकरी करेगा, शादी होगी, बहू आएगी। पतोह का सूख लूटें। वह बहुत है अपनी माँ की देखभाल के लिए। उनके सारे दुख दूर हो जाएँगे।"

"अरे ज़िन्दगी कैसे बीतेगी, उनकी चिन्ता यह है।"

भैया मुस्काए—"मेरी चिन्ता नहीं है ?"

माँ फूट कर रोने लगी।

"एक बात बता दें। मैं उन्हें पति का सुख दूँ, चाहे न दूँ; दुख नहीं होने दूँगा। निश्चिन्त रहो।" कहते हुए वे उठ कर अपने कमरे में चले गए।

पहले भैया की नौकरी गई, उसके बाद वह घर।

सन् '60 में वे दूसरे घर में आ गए—उसी के बगल में।

लेकिन वह घर और कमरा क्या गया कि सारा कुछ चला गया—चैन, इतमीनान, निश्चिंतता, सुकून कभी ठीक से रह नहीं सके वे इस घर में। यहाँ से दिल्ली गए, दिल्ली से जोधपुर, जोधपुर से आगरा और आगरा से फिर दिल्ली। मगर भैया और भौजी के 'दाम्पत्य' के लिहाज से सोचें तो इस घर की सबसे बड़ी घटना थी—गीता का जन्म। बेटे के बीस साल बाद बेटी का जन्म। भौजी के जीवन में फिर हरियाली आई। उनके स्वभाव का तीखापन और व्यवहार का रूखापन खत्म हुआ। चेहरे पर मुलायमियत आई। अब वह व्यस्त हो गई। उन्हें काम मिल गया। इससे पहले उन्हें यह सवाल तंग करता था कि वे कुछ करें तो किसके लिए करें ? क्यों करें ? बराबर अनमनी रहा करती थीं।

लेकिन गीता ने भी अनजाने ही अपने बाल स्वभाव के कारण कुछ दिनों

बाद उनका यह सुख छीन लिया। अपनी उमर की जिन चचेरी बहनों के साथ वह रात-दिन रहा और खेला करती थी, उन्हीं की देखा-देखी उनके 'अम्मा पापा' उसके भी 'अम्मा पापा' हो गए। यह भी उनके साथ लगभग उसी हादसे का दुहराव था जो बेटे ने किया था। वह धीरे-धीरे माँ से खिसक कर 'दादी-बाबा' के नजदीक चला गया था।

(मेरे लिए आज भी रहस्य है कि ऐसा उन्हीं के साथ क्यों हुआ ? उन्होंने यह समझने की कोशिश कभी क्यों नहीं की ?)

भौजी फिर पुराने ढर्रे पर।

धीरे-धीरे फिर उनके भीतर कड़वाहट भरने लगी। उन्हें दुनिया की हर चीज से चिढ़ होने लगी। उन्हें पता ही नहीं चलता कि जो बोल रही हैं, उससे दूसरा आहत हो रहा है। वे शायद इस इरादे से बोलतीं भी नहीं फिर भी वह आहत होता। मेरी पत्नी भी होतीं लेकिन 'दुख' को आँसुओं में बहा देती।

मैंने उनके आगे माँ को गिड़गिड़ाते और मिमियाते देखा—जैसे अगर बेटा उनकी ओर ध्यान नहीं दे रहा है तो कसूर माँ का है। ऐसे ही जब भैया '65 में दिल्ली गए और उन्होंने बनारस से खाना पकाने और घर की देखरेख के लिए नौकर भेजने को कहा तो पिताजी को अटपटा लगा था। फिर जब वे जोधपुर गए और वहाँ भी नौकर की तलाश कर ली तो पिताजी ने इसकी वजह 'दूरी' समझा। उन्होंने उम्मीद नहीं छोड़ी थी।

लेकिन सन् 72 में माँ के मरने के बाद भौजी और पिताजी मेरे पास आ गए स्थायी रूप से। पिताजी ने एक ही घर में रात-दिन रहते हुए भौजी को निकट से देखा। वे सधुआ गए थे पूरी तरह। घर-दुआर से किसी तरह का सम्बन्ध नहीं रह गया उनका। कम बोलते थे और ऊँचा सुनते थे।

मैंने कभी जानने की कोशिश नहीं की कि वे भौजी या भैया के बारे में क्या सोचते हैं।

उनका स्वर्गवास हुआ '85 में। यह उसके साल-दो साल पहले की घटना है।

उन्हीं की उम्र के एक दूसरे बूढ़े थे जिनके साथ वे शाम को टहला करते थे। एक दिन पिताजी थक कर मेरे घर के आगे ही पुलिया पर उनके साथ बैठ गए थे। और उनसे अपने बड़े बेटे की प्रशंसा सुन रहे थे। बूढ़े ने अपने इतिहास के प्रोफेसर बेटा से भैया के बारे में सुना था या अख़बार में पढ़ा था। पिताजी सिर झुकाये देर तक सुनते रहे। जब वे थक चुके तो पिताजी

ने दुखी और बुझे स्वर में इस तरह का एक वाक्य कहा—"लेकिन भगवान न करे कि किसी दुश्मन को भी वैसी ज़िन्दगी जीनी पड़े जैसी वे जी रहे हैं।"

मैं घर के सामने ही जामुन के नीचे बैठा था। देर तक सोचता रहा—"यह किस पर टिप्पणी है ? भैया पर या भौजी पर ? या उनके दाम्पत्य पर या खुद पर ?"

4

बेटियों से माएँ ऐसे ही कोई उम्मीद नहीं रखतीं क्योंकि वे अमानत होती हैं पराए घर की, उम्मीदें रखती हैं बेटे से और भौजी के बेटे के लौटने के दिन करीब आ रहे थे।

वह उसी साल रूस गया था जिस साल गीता पैदा हुई थी।

उसके बचपन और कैशोर्य के सारे दिन गुजरे थे बाबा के साथ। लगभग सोलह-सत्रह साल। हाईस्कूल करके आया था चाचाओं के पास। भैया उन दिनों बनारस ही थे। उनकी नज़र, उसकी पढ़ाई पर भी थी और दाखिले पर भी। उसके हर दाखिले में उनके ही सम्पर्क सूत्र काम आए थे, अब वह चाचाओं की ही जिम्मेदारी था, अपने पिता की नहीं। जीयनपुर की यही परम्परा थी। किसी भाई के बेटे बेटी तभी उसके अपने बेटे बेटी होते थे जब वह अकेला हो, उसके और भाई न हों। जब हम थे और समर्थ थे तो भैया को चिन्ता करने की जरूरत ही न थी। खुद पिताजी ने यही किया था अपने भाइयों के बेटों के साथ। और फिर चाचाओं के लिए विजय भाई का बेटा या भतीजा नहीं, भाई था। दोनों जान छिड़कते थे उस पर। होड़ लगी रहती थी उनमें उसकी जरूरतें पहले पूरी करने की। उसके पिता डाँटते रहते थे उन्हें, आदतें खराब कर रहे हो उसकी।

उसके पिता भी अपने पिताजी जैसे थे। 'पिता' के संस्कार भी उन्हें अपने पिता से ही मिले थे। क्योंकि उनके भी बचपन का ज़्यादा हिस्सा उन्हीं के साथ बीता था। यानी प्यार करो तो दिल में। न उसे जबान पर लाओ, न चेहरे पर। दूसरों के साथ भले हँसी मजाक करो, लेकिन बेटे को देखो तो चुप। विजय के पिता उसे बेइंतहा प्यार करते थे लेकिन शैली पिताजी की ही रखते थे। उससे कुछ पूछते या बात करते समय हमेशा असहज रहते थे जैसे पिताजी।

विजय का नहीं, यह हमारा दुर्भाग्य था कि उसे हमारे साथ रहने के लिए सिर्फ दो साल मिले, उसके बाद छात्रावास और फिर रूस—वह कितना

समझ पाया अपने पिता और चाचा को इस दौरान, कहना मुश्किल है।

बहरहाल, जब वह सुन्दर, आकर्षक गबरू जवान बन कर बाहर से आया तो सब खुश। लेकिन भौजी की खुशियों के आगे सारी खुशियाँ बेमानी थीं। आखिर इसी दिन का इंतजार था उन्हें।

भैया की आँखों में आँसू देखे मैंने—जीवन में पहली बार और वह भी बेटे की शादी के समय। वे खुशी के आँसू थे। माँ का जब देहान्त हुआ था तब नहीं आए थे आँसू। दर्द या दुःख के समय बच-बचा के निकल भागने में महारत हासिल है उन्हें। लेकिन '78 में बार-बार आँखें भर आ रही थीं उनकी। बेटे ने वह किया था जो उनके नसीब में नहीं था।

विजय ने बेटी पसन्द की थी कवि केदारनाथ जी की। उनके तीस साल पुराने मित्र और देखेभाले। दिल्ली में उनके पड़ोसी। तीन सालों तक चारों ओर देखने के बाद पसन्द किया था और सन्तुष्ट था। उनका घर नहीं बस सका था लेकिन बेटे का बसने जा रहा था। वे भौजी की ओर से हमेशा के लिए निश्चिन्त होने जा रहे थे। आखिर उनके लिए भाइयों पर कब तक निर्भर रहते ?

उनकी दौड़ धूप, उछल कूद और सक्रियता देख कर सारे बाराती चकित थे। इतनी दिलचस्पी उन्होंने घर की बेटियों की शादी में भी नहीं ली थी। वे रात भर मंडप में बैठे रहे। पहली बार विवाह की सारी विधियाँ सम्पन्न होते हुए देखा रात भर जग कर। नाइन और कहारिन से हँसी मजाक करते रहे। और जब बारात लौट कर घर आई और औरतें दौड़ पड़ीं दुल्हन को देखने के लिए तो डाँट कर भगाया—"भीड़ मत लगाओ। भागो यहाँ से। छोड़ो दोनों को अकेले। आराम करने दो, आठ घंटे का सफ़र करके आए हैं।" यही नहीं, उनके 'हनीमून' की व्यवस्था शिमला में पहले से करके आए थे।

कोई ठिकाना नहीं था उनकी खुशी का। 'रिसेप्शन' के दौरान वे चहकते फिर रहे थे यहाँ वहाँ। न चेहरे पर किसी तरह का तनाव, न शरीर में थकान। जब सारे मेहमान खा-पीकर अपने घर चले गए और मैं कुक के साथ पंडाल में बिखरे सामान देख रहा था, उनका बुलावा आया।

रात के एक बज रहे थे।

वे घर से थोड़ी दूर दूसरे के घर ठहरे हुए थे।

उन्होंने जैसे ही मुझे देखा, लपक कर रोते हुए गले लगा लिया। फिर संयत होने के बाद मेरी आँखों में झाँकते हुए पूछा—"खुश तो हैं दोनों।"

"बहुत।"

"और घर की औरतें ?"

यह उनके बेटे की शादी नहीं थी, बचपन से चला आ रहा उनका अपना सपना था जो बेटे से पूरा हुआ था।

भैया क्या खुश होंगे जो भौजी थीं। जिन घुटनों से काम के नाम पर उठा बैठा नहीं जाता था, वे ही घुटने हफ्ते दस दिन से इस कमरे से उस कमरे में ऊपर नीचे नाच रहे थे। खुशी रोकते-रोकते छलक-छलक पड़ती थी। बहू ऐसी कि लाखों में एक। न गाँव में देखी थी, न शहर में ऐसी लड़की। 'रिसेप्शन' के समय जब दोनों सजधज कर मंडप में बैठे तब भौजी की समझ में आ गया कि तीन-चार साल क्यों लगा दिए थे बेटे ने लड़की पसन्द करने में ? जोड़ा ऐसा कि आँखें जुड़ा जाएँ। जो भी देखे, निहाल हो जाए।

उन्हें अटपटा लग रहा था तो यह कि बेटा चौबीस घंटे चिपका हुआ था बहू से। जरा देर के लिए भी अकेला न छोड़े कि कोई उससे बोल-बतिया ले।

समधी सारा कुछ जानते थे घर के बारे में। भौजी ने खाना खिलाया था उन्हें। कई-कई रोज़ ठहरे थे घर पर। उनसे कुछ छिपा नहीं था। उन्होंने बेटी से भी सब बताया होगा। अब वह बहू थी। उसका धर्म था कि अपनी सास से कहे कि अम्मा, बड़े दुःख झेल लिए आपने। अब चिन्ता की कोई बात नहीं। अब आ गए हैं हम।...लेकिन बेटा मौका दे तब न।

भौजी अपनी देवरानियों के प्रति भी काफ़ी कोमल और उदार हो गई थीं। कोशिश कर रही थीं कि उनके मुँह से भरसक कोई ऐसी बात न निकले जिससे उन्हें ठेस पहुँचे।

यह सुनकर उन्हें अच्छा नहीं लगा था कि बहू उनके साथ सिर्फ दो दिन रहे और उसके बाद दिल्ली होते हुए जाने कहाँ चली जाए।

'रिसेप्शन' के तीसरे दिन सुबह भैया ने भौजी को सुनाकर कहा—"हड़बड़ी मत मचाना। कुछ दिन चैन से जीने दो। जैसे चाहें, वैसे रहें। जैसे इतने दिन, वैसे कुछ दिन और सही।"

भौजी ने सुन तो लिया लेकिन जल-भुन गईं। उन्हें खुद ही जल्दी नहीं

थी लेकिन कहा क्यों ?

भौजी ने कोई हड़बड़ी नहीं मचायी और बड़े धीरज के साथ उस दिन का इंतजार करती रहीं जब बेटा आए और कहे—"हाँ, माँ, आओ चलो।"

और वह दिन आया नवम्बर, '79 में जब विजय को बेटा हुआ। बेटा बनारस में पैदा हुआ और पहली बार भौजी ने भटिंडा के लिए अपने देश की धरती छोड़ी—पोते को गोद में लिये बेटे और बहू के साथ।

इस दरम्यान गर्मी की छुट्टियों में पिताजी ने गाँव का कार्यक्रम बनाया और मैंने शिमला का। वहाँ विजय मोहन जी ने अपना घर खाली कर दिया था हमारे लिए।

तीन दिन दिल्ली भैया के यहाँ और हफ्ते-दस दिन शिमला।

परिवार के झमेलों के कारण मुद्दत हो गई थी बनारस छोड़े।

पत्नी और छह अदद बच्चों के साथ दिल्ली गया—डरते-डरते। इतनी भीड़भाड़ और चिल्लपों उन्हें पसन्द नहीं है, मैं जानता था। यह भी जानता था कि परिवार के बीच रहने की आदत खत्म हो चुकी है उनकी और अपने एकान्त में किसी और का हस्तक्षेप अब सहन नहीं होता। लेकिन बच्चों को दिल्ली दिखाना था इसलिए मजबूरी थी। बच्चों की हालत दूसरी थी। उनका भयानक आतंक था बच्चों पर। वे उनके पास जाने के नाम पर थर-थर काँप रहे थे। अगर ठहरने की कोई दूसरी व्यवस्था होती तो मेरे लाख समझाने पर भी वे वहाँ नहीं जाना चाहते।

पहुँचने पर भैया ने जो गर्मजोशी दिखाई, उससे सब चकित।

उन्होंने खुद अपने हाथों चाय तैयार की, नहाने के लिए बाल्टियाँ भरीं, साथ नाश्ता किया, उसके बाद हर एक बच्चे से क्लास पूछा, सबका अलग-अलग टेस्ट लिया, दोपहर बाद दिल्ली दिखाने की व्यवस्था की, क्या-क्या देखना है ? ड्राइवर को निर्देश दिया, शाम को सभी बच्चों के साथ शापिंग सेंटर गए, आलमारी दिखाकर गीता से उसकी पसन्द पूछी और कोशिश की कि उसका डर खत्म हो। दोनों रात पूरा परिवार छत पर सोया। बारह बजे रात तक वे पालम आने-जाने वाले प्रत्येक प्लेन के बारे में बताते रहे कि यह इस वक्त कहाँ से आ रहा है या कहाँ जाएगा ?

जिस दिन हमें शिमला जाना था, उस दिन वे चुपचाप से दिखे।

टहल कर आए, व्यायाम किया, नहाया, नाश्ता किया और कोई

मैगज़ीन या पुस्तक लेकर सोफे पर उसी जगह जा बैठे जहाँ बैठा करते थे।

बच्चे ऊपर के कमरों में थे। कुछ पढ़ रहे थे, कुछ खेल रहे थे और एक बीमार था जिसकी देखभाल में पत्नी लगी थीं।

मैं केदार जी के यहाँ से घूमघाम कर आया तो देखा कि उनकी गोद में किताब खुली पड़ी है और वे बैठे-बैठे सो गए हैं। पाँव मेज पर पसरे हुए थे और उनके आगे अंग्रेजी हिन्दी के अख़बार। लॉन की तरफ़ की खिड़कियाँ खुली हुई थीं। पंखे की धीमी हवा में पर्दे हिल रहे थे और उनके बीच से धूप छन कर उनके दाएँ कन्धे पर पड़ रही थी।

वे एक अनाथ और निरीह बच्चे की तरह लगे जिसे बियाबान में सोता हुआ छोड़ कर कुनबे के सारे लोग कहीं और चले गए हों।

"आओ बैठो।" उनकी आँखें खुल गई थीं और मुस्कराते हुए मुझे देख रहे थे।

हम आमने सामने बैठे थे। सीढ़ियों पर बच्चे कूद रहे थे और उनके पैरों की धमक सुनाई पड़ रही थी। वे कूदते हुए नीचे आते, लड़ते-झगड़ते ऊपर जाते फिर कूदते हुए नीचे आते। मैं सुर्ती ठोंकते हुए उनका चेहरा देख रहा था। मुझे लगता, वे अभी-अभी उठेंगे और बिना पीटे न छोड़ेंगे।

"काशी, मुझे इस घर में रहते हुए सात-आठ साल हो गए हैं, कभी लगा ही नहीं कि यह घर घर है।" वे मुझे नहीं, सामने देख रहे थे—"ये धमाचौकड़ी, ये कोलाहल, ये उछल कूद ! सोचो, कल भी यही घर रहेगा; इतना बड़ा घर और अकेला मैं। कैसे रहता हूँ मैं इसमें, कभी सोचते हो ?"

मैं सिर झुकाये चुपचाप सुनता रहा।

"विजय की शादी को डेढ़ साल हो गए, आज तक बहू के हाथ की रोटी नसीब नहीं हुई। ऐसा लगता है कि मेरे भाग्य में शिवमूरत, मदन और रामदुलारे ही लिखे हुए हैं।"

बोल वह रहे थे लेकिन सुनते हुए गला मेरा भर आया था। बच्चोंवाली बातों से तो मैं सहमत नहीं था क्योंकि जो बच्चे उनके घर को 'घर' बना रहे थे, वे ही बच्चे मेरे घर को मेरे लिए नर्क बना रहे थे लेकिन इन बातों से मुझे धक्का लगा। रोटी तो बहाना हो सकती है, उन्हें न 'रोटी' चाहिए थी, न बहू, उन्हें बेटी चाहिए थी। बहू की कल्पना इसी रूप में की थी उन्होंने। उम्मीदें इसलिए ज़्यादा बढ़ा ली थीं कि बहू केदार जी जैसे कवि

की बेटी थी। उन्होंने ऐसी ही बेटी के बारे में सोचा था, जिससे वे बातें कर सकें साहित्य, समाज, शिक्षा, राजनीति सभी चीजों के बारे में। भले उसकी सीमाएँ हों, बुद्धि विवेक की; लेकिन 'शेयर' करे उनके साथ। यह मुश्किल काम था लेकिन इसकी क्षतिपूर्ति की जा सकती थी प्यार जता के, अपने हाथ से खाना बना के, खिला के, उनकी बातें धैर्य से सुन के। कभी-कभी सोचता हूँ कि सपने टूटने के लिए ही तो नहीं देखे जाते ?

"विजय के क्या समाचार हैं ?"

"क्या कहें ?" थोड़ा रुक कर बोले—"सहते ही बने, कहते न बने, मन ही मन पीर पिरैबो करे। उधर तो महीने में कम से कम एक बार तो चले ही आते थे सपत्नीक। शाम को दुलारे से ख़बर मिलती थी कि सुबह से ही आए हुए हैं ससुराल में। रात को यहाँ सोने आएँगे लोग। कभी-कभी सुबह आए, सामान फेंका और निकल गए नहा-धोकर ससुराल। यह घर नहीं, 'रेस्ट हाउस' है उन लोगों का। सुबह मेरा नाश्ता हो जाता है तब वे सोकर उठते हैं। मैं उन लोगों को घर में रहते हुए नहीं, आते-जाते ही देखता हूँ...तुम्हें याद होगा, हमारे गाँव पर कहा करते थे और पिताजी ने भी कहा था कि शादियाँ दो तरह की कभी नहीं करनी चाहिए—बहुत जान-पहचान की और पड़ोस के गाँव की। ईश्वर की कृपा से यहाँ दोनों एक साथ मिल गए हैं।"

"आप ज़रूरत से ज़्यादा गम्भीरता से ले रहे हैं। यह रिवाज़ ही हो चला है आजकल।"

"अरे क्या बात कर रहे हो तुम ? जिस बाबा ने पाला पोसा, उसकी कोई चिन्ता नहीं, जिन चाचाओं ने पढ़ाया लिखाया, उनकी कोई फ़िक्र नहीं, यहाँ तक कि यह भी ख़बर नहीं कि एक बहन भी है...।"

"चलिए, छोड़िए यह सब ! भौजी की चिन्ता से मुक्त कर दिया, यह कम नहीं है।"

"काशीनाथ जी, कितना मुक्त किया है—यह मैं जानता हूँ, आप नहीं।" उन्होंने पुस्तक उठाई और उत्तेजना में खड़े हो गए—"कहलवाइए मत मुझसे, उन्हें अपने बेटे के लिए दादी की नहीं, आया की ज़रूरत थी।"

उनका मूड उखड़ गया था। वे कुछ देर पर्दा ठीक करते रहे—"आप जो किताबें देख रहे हैं, उन्हीं में एक किताब मिलान कुंडेरा की भी है, उसे ले जा सकते हैं आप।" और फिर उन्हें सहज होते देर नहीं लगी। मिलान कुंडेरा की खूबियों के बारे में बातें करने लगे

5

मेरा ख़्याल है कि विजय से निराशा गहरा आघात थी भैया के लिए। वे उसकी वजह से और भी ज़्यादा उदास और अकेले हो गए थे।

बेटी दिल्ली जाकर भी उनसे भागी-भागी फिर रही थी। वे बुलाते थे, चाहते थे उनके पास आए, बैठे, उनसे बातें करे लेकिन एक तो उसका संकोच, दूसरा उनकी "भकाऊँ" मार्का छवि। वे उस वक्त तक जानते भी नहीं थे कि किसी बच्चे को प्यार कैसे किया जाता है ? मुझे यह भी याद नहीं कि उनकी किसी अपनी संतान ने उनके मुँह पर उन्हें 'पिताजी' या 'बाबूजी' या 'पापा' भी तब तक कहा था या नहीं। पीठ पीछे तो कहते रहते थे।

बेटी की इस बेरुखी ने उनके 'अकेलेपन' को कितना गहरा और तीखा कर दिया था, इसका आभास तब मिला जब शाम ढलने लगी और हमने अगली यात्रा की तैयारी शुरू की। हमें कालका मेल पकड़नी थी। चाय के समय वे गुमसुम कोई मैगज़ीन उलटते रहे और जल्दी ही खत्म करके 'गीता बुक सेंटर' चले गए।

घर-भर ऊपर नीचे सामान फैला हुआ था। समेटने और व्यवस्थित करने में समय लगा। अँधेरा घिर आया था और हम टैक्सी का इंतजार कर रहे थे। दरवाजा खुलने से पता चल गया था कि भैया बहुत पहले ही 'शापिंग सेंटर' से लौट आए हैं।

मैंने उनके कमरे में झाँका, वे वहाँ नहीं थे। फिर ड्राइंगरूम में देखा, फिर ऊपर गया और उस कमरे में देखा जहाँ किताबों के रैक थे। फिर नीचे आकर आवाज़ दी—दो-तीन बार। वे कहीं नहीं थे। ढूँढ़ते हुए लॉन में पहुँचा जहाँ होने की कोई गुंजाइश नहीं थी—इसलिए कि बाहर अँधेरा, ऊमस और मच्छर थे। वे कुर्सी पर चुपचाप बैठे हुए थे।

"यहाँ क्या कर रहे हैं ?"

"जाओ देखो, लगता है टैक्सी आ गई।"

मैं आऊँ, इससे पहले ही बच्चे दौड़ कर गाड़ी में बैठ गए थे। पत्नी उन्हें खींच रही थी कि बाबूजी के पाँव छूकर बैठो। सभी बाहर निकलकर बाबूजी का इंतजार करने लगे। मुझे डर लग रहा था—कहीं गाड़ी न छूट जाए। मैं उन्हें बुलाने गया। वे लॉन से हट कर अपने कमरे में चले गए थे और अन्दर से बन्द कर लिया था।

खटखटाने के बाद वे अँधेरे से निकले और आँखें झुकाए—बिना बोले और मेरी ओर देखे—सीधे दरवाजे पर जाकर खड़े हो गए।

गाड़ी में पत्नी ने कहा—"लगता है, बच्चों के शोरगुल से भैया नाराज़ थे।"

उनकी मनःस्थिति को देखते हुए मैं खुद चिन्तित था, क्या बोलता ?

इस अकेलेपन की मियाद अभी कुछ और साल बाकी थी। खत्म हुई '85 में।

फरवरी में पिताजी का देहान्त हो गया।

दिल्ली से भैया आए थे और भटिंडा से भौजी के साथ विजय। श्राद्ध के एक दिन पहले भैया ने मुझे एक चिट पकड़ाई और कहा कि ये सात-आठ किताबें हैं जो केन्द्रीय पुस्तकालय में हैं। इन्हें ईशू करवा के रख लेना और जब अपने गाँव से केदार जी लौटें तो उनसे भिजवा देना।

मैं जब चलने लगा तो उन्होंने आवाज़ दी—"काशीनाथ जी, जरा बैठिए।"

जब भी वे पूरे नाम के साथ 'जी' बोलते हैं, मेरा दिल दहल उठता है—कि हो न हो, कोई गम्भीर बात होगी।

"बात यह है कि आपकी भौजी अब लौट कर भटिंडा नहीं जाना चाहतीं। उन्होंने पोता ही नहीं, पोती का भी मुँह देख लिया। बेटे पतोह का भी सुख भोग लिया। अब वे भटिंडा नहीं जाएँगी।"

एक नई मुश्किल।

"अब बेटे को भी माँ की ज़रूरत नहीं। उसने वहीं से अकेले वापसी का आरक्षण करा लिया है। इनका कहना है कि और कहीं नहीं होगा तो मचखियाँ चले जाएँगे।"

मचखियाँ में न उनकी माँ रह गई थीं, न बाप। उनके दोनों छोटे भाइयों की औरतें उन्हें पहचानती तक न होंगी। कुछ तो होना चाहिए वहाँ जाने

के लिए ? तीस-पैंतीस साल हो गए उन्हें मचखियाँ छोड़े। कोई तो हो वहाँ अपना ?

बनारस की स्थिति और विषम थी। मेरी पत्नी कुसुम '62 में बी.ए. करके मेरे घर आई थीं। जरा-सी साँस लेने की फुर्सत मिली थी '71 में और उन्होंने अपने बूते प्राइवेट एम.ए. किया फर्स्ट क्लास। फिर जिस साल भौजी विजय के साथ भटिंडा गई, उसी साल '80 में बी.एड. किया और तुरन्त दो सौ रुपये महीने पर एक प्राइवेट स्कूल में टीचर हो गई। 18 साल बाद वे जैसे यातना शिविर से मुक्त हुई थीं और फिर उसमें फँसनेवाली नहीं थीं।

बेटियों की हालत इससे भी बदतर। रचना और नीना बी.ए. फाइनल में थीं, और गीता इन्टर फाइनल में। पढ़ने में चारों बहुत अच्छी। मार्च में इम्तहान शुरू होने जा रहे थे। वे भौजी को देखते ही आतंकित हो गई थीं। जाने कैसे उन्होंने सूँघ लिया था कि विजय भैया उन्हें साथ ले जाने वाले नहीं। उन्होंने अलग-अलग भी मुझसे कहा था और सामूहिक रूप से भी–कि अगर हमारा भला चाहते हो, तो जब तक 'इग्जाम' हो, बड़ी अम्मा न रहें।

गाँव पर सिर्फ श्राद्ध हो रहा था। कोई नहीं रह गया था जीयनपुर। खेती बँटाई पर हो रही थी। मँझले भैया का परिवार लोलार्क कुंड पर। मँझली भौजी के साथ भाभी का छत्तीस का सम्बन्ध। वे वहाँ जाने से रहीं।

भौजी कहाँ जाएँ ? कहाँ रहें ? क्या करें ?

यह उनकी नहीं, हमारी समस्या थी।

रात भर मुझे नींद नहीं आई।

ऐसा लगा जैसे मामला थोड़ा पेचीदा भी हो सकता है। नई पीढ़ी–नए लोग–हमारे ही बच्चे हमारे लिए अबूझ हो रहे थे। उन्हें समझना आसान नहीं लग रहा था मुझे। लग रहा था जैसे यह भौजी का खुद का निर्णय न हो। उनसे छुट्टी पाने के लिए उन्हें समझाया गया हो कि तुम्हारी अपनी भलाई इसी में है। तुम्हें कोई रखने के लिए तैयार न होगा और आखिरकार झख मारकर पिताजी को रखना पड़ेगा। उनका काम बन गया था और उन्हें अब भौजी फालतू लगने लगी हों।

भौजी सीधी सादी–चीजों को न समझ रही हों।

हो सकता है, यह भैया भी न समझ रहे हों।

इसी समय आधी रात को पौ फटी और एक रास्ता सूझा।

कुसुम पिछले कुछ दिनों से गीता के बारे में बातें कर रही थी। कहती थी कि अब वह सयानी हो गई है। रहती-रहती है कि कभी बिना वजह खब्तुलहवास और चुप हो जाती है। खो जाती है जाने कहाँ ? हम आप चाहे जितना कुछ करें, उसे सन्तोष न होगा। माँ-बाप आखिर माँ-बाप ही होते हैं। उसकी चिन्ता न उन्हें है, न भाई को। बैठ कर बेमतलब आप बतियाते रहते हैं कि बी.ए. में आनर्स क्या लोगी ? फार्म भरवा रहे हैं। हो सकता है, भैया कुछ और बनाना चाहते हों। आज नहीं, कल उसकी शादी भी होगी। भैया क्या चाहते हैं आपको पता है ? कम से कम बात तो करनी चाहिए उनसे।

मामला नाजुक था। हिम्मत नहीं जुटा पा रहा था उनसे बात करने की। खतरे ही खतरे थे इसके। गीता सुनेगी तो सोचेगी हम भार हो गए हैं पापा-अम्मा के लिए। भैया सोच सकते हैं—लगता है भर गया है इनका मन। हटाना चाहते हैं अपने यहाँ से। दूसरे, हम खुद यह मानने के लिए अपने को तैयार नहीं कर पा रहे थे कि वह हमारी बच्ची नहीं है। जन्म से लेकर अब तक का सारा जीवन हमारे साथ गुजरा था उसका।

उसी रास्ते में से एक और पगडंडी नज़र आई।

पाँच-छह साल पहले की शिमला यात्रा की शाम तो याद आई ही, याद आया उनका कुछ ही साल पहले का 'सेरेब्रल मलेरिया'। इतना भयानक मर्ज मैंने जीवन में नहीं देखा था। 105 डिग्री को पार करता बुखार, तीन-चार रजाइयाँ एक साथ ओढ़ाई जाती थीं, ऊपर से हम अपने को उन पर झोंक देते थे, इसके बावजूद देह का कँपना नहीं बन्द होता था। और सिरदर्द तो ऐसा कि—घंटे भर तड़पते और छटपटाते रहते थे और जब बुखार उतर जाता था तो निष्प्राण हो जाते थे। न उठने की शक्ति रहती थी, न चलने की।

बुरी बात यह कि इसके आने की अवधि निश्चित थी—रात साढ़े आठ से ग्यारह। वे बदहवास, निर्जीव, भयाक्रान्त बारह बजे रात से ही अगली शाम आठ बजे का इंतजार करने लगते थे। वह एक दुःस्वप्न था।

ताज्जुब यह कि हज़ारों विद्यार्थियों से घिरा 109 न्यू कैम्पस, सैकड़ों लेखकों, कवियों, कथाकारों से भरा दिल्ली महानगर—जनेवि के चेयरमैन और हिन्दी के आलोचक नामवर रात के पहले पहर में तड़प रहे हैं, छटपटा रहे हैं, अचेत हो रहे हैं और तसल्ली की एक भी हथेली नहीं जो उनके माथे पर हो।

मैंने अगली सुबह भौजी नहीं, गीता के बारे में उनसे बातें की।

जानता था कि गीता को अकेला घर में नहीं छोड़ा जा सकता।

अचानक अगस्त '85 में लंदन जाते हुए भैया का पत्र—'जब मैं अमुक तारीख को लौटूँ तो यहाँ घर में गीता दिखाई पड़े।'

बेटी के लिए प्यार की भूख से बिलबिलाते एक बाप की चिट्ठी।

अपने अकेलेपन से आजिज़ आ चुके नामवर का पत्र।

गीता गई तो थोड़े दिनों बाद भौजी भी पहुँच गईं।

जिस घर को '53 में बसना था, वह जाकर '85 में बसा। और वह बसना भी क्या जब नामवर के रिटायरमेंट में एक साल बाकी हो और भौजी के घुटने गठिया के दर्द से बेहाल। वे अब भी एक-दूसरे के लिए अबूझ और असहाय थे लेकिन अपना काम दुभाषिया से चला रहे थे।

दुभाषिया थी बेटी गीता।

भौजी जीवन में पहली बार सन्तुष्ट और तृप्त दिखीं। जीयनपुर मँझली भौजी का, बनारस कुसुम का, भटिंडा निर्मला का। उनका कभी कुछ नहीं रहा। अब 109 न्यू कैम्पस उनका था। वे दिन-रात उसकी व्यवस्था में व्यस्त भी थीं और परेशान भी। मालकिन थीं पूरे घर की लेकिन आधी-अधूरी। इसलिए कि हर मालकिन की मिल्कियत 'किचन' होता है और किचेन पर अब भी दुलारे का अधिकार था। वह चौदह सालों से घर और भैया को सँभाले हुए था। उसने कभी अविश्वास का अवसर भी नहीं दिया था उन्हें। लेकिन भौजी किचेन और उसके बाहर बराबर किसी ऐसी चीज की खोज में रहतीं जो गायब हो और गायब न हो तो ऐसी जगह हो जहाँ उसे नहीं होना चाहिए। सन्तुष्ट और तृप्त भौजी अनवरत एकालाप करती रहतीं—"अभी तो यहीं था, कहाँ चला गया ?"

लिखते-पढ़ते काम करते भैया बीच-बीच में माथा पकड़ कर बैठ जाते—"कभी चैन से नहीं जीने देंगी।

गीता शाम पाँच बजे जाएगी तो वही इन्हें देखेगी।"

भैया के सारे दुःखों, दर्दों, दुश्चिन्ताओं और एकाकीपन का इलाज थी गीता। एक जन्म से बंजर पड़ी धरती को हरी-भरी कर दी थी गीता ने। वे उसी के लिए जी रहे थे, उसी के लिए मर रहे थे। घर में भी उसी के लिए रहते थे, बाहर भी उसी के लिए जाते थे। थी तो बड़ी लेकिन वह उनके

लिए सात-आठ साल की बच्ची थी। वह पुल थीं माँ-बाप के बीच, बाप-बेटे के बीच। एक उजाड़ दुनिया बसा दी थी उसने।

लेकिन उससे एक ग़लती हो गई। उसने भाई और माँ की जानकारी के बग़ैर प्रेम कर लिया। इससे भी बड़ी ग़लती यह कि उसी लड़के से शादी करने का निर्णय किया जिससे प्रेम करती थी। उसके पिता ने उसकी माँ और भाई से नाराजगी मोल लेते हुए उसकी इच्छा पूरी की।

जब वह शिवालिक से ससुराल के लिए विदा हो रही थी तो भैया बहुत रोये।

पहली बार तब रोये थे जब बेटे की शादी की थी—वे सुख के आँसू थे।

यह दूसरी बार के आँसू थे—सचमुच के दुःख के। यह बेटी नहीं विदा हो रही थी, उनके जीवन में सहसा कुछ दिनों के लिए आ गया सुख और अमन-चैन का घर विदा हो रहा था।

एक पुल था जो ढह रहा था—उसके बाद फिर वही निचाट अकेलापन और कूँथता सन्नाटा।

इस सन्नाटे और अकेलेपन का विकल्प बाहर की दुनिया में था, शिवालिक में नहीं।

ऐसे भी शिवालिक घर नहीं रह गया था गीता के छोड़ने के बाद।

घर भौजी के लिए था, नामवर के लिए नहीं।

अध्ययन के लिए शिवालिक, व्याख्यान के लिए बाहर। दो साल वे यही करते रहे।

वे हिन्दी के पहले मिशनरी आलोचक हुए जो साहित्य की चिन्ताओं के साथ हिन्दी और अहिन्दी प्रदेश के शहरों में ही नहीं, कस्बों और गाँवों तक में गए; ज्ञानियों, विज्ञानियों और अज्ञानियों के बीच गए, पढ़े-लिखों और बेपढ़ों को सुना-सुनाया, हिलाया-डुलाया, झकझोरा—उनके बीच बोल कर जो साहित्य से बाहर के थे, ग़ैर पेशे के थे और हिन्दी और साहित्य के प्रति उपहास का भाव रखते थे। उन्होंने उनके भीतर एक बेचैनी पैदा की—जीवन के लिए, समाज के लिए; और अहसास कराया कि साहित्य वही नहीं है जो किताबों में है, और जो किताबों में है वह भी तुम्हारे जीवन और साहित्य के सिवा कुछ दूसरा नहीं है। किताबों से बाहर जो तुम्हारे खाने-पीने और

जीने-मरने में है वह भी साहित्य है।

उन्होंने साहित्य की चिन्ताओं को मनुष्य की मुक्ति की चिन्ताओं से जोड़ा और बताया कि हमारे अस्तित्व के सरोकारों के सवाल भी उन्हीं शक्तियों से नाभिनालबद्ध हैं जो समाज को बनाती-बिगाड़ती और बदलती रहती हैं। लोगो, अपनी सारी ज़िन्दगी में मैंने ऐसा वक्ता नहीं देखा जिसने अपनी जबान से कलम का काम लिया हो, जो अपनी वाणी से सुनने वालों के दिल-दिमाग पर लिखता रहा हो। एक ही विषय पर कई-कई व्याख्यान और हर व्याख्यान में हर बार नए नुक्ते, नई बात, नई जानकारियाँ—जहाँ सभा कानों से ही नहीं, आँखों से भी सुन रही हो।

पचासों हैं जिनमें कविता-कहानी का विवेक नामवर को सुन कर आया है।

सैकड़ों हैं जिन्होंने कोई किताब इसलिए खरीदी कि उसका जिक्र नामवर के व्याख्यान में आया था।

हज़ारों हैं जिनकी साहित्य में दिलचस्पी नामवर को सुन कर हुई है।

और ऐसी संख्या तो लाखों में है जिन्हें नामवर को सुनकर हिन्दी स्वादिष्ट लगी है।

इसी को नामवर आलोचना की 'वाचिक परम्परा' कहते हैं और जब कहते हैं तो विद्वानों के चेहरे पर कभी व्यंग्य होता है, कभी खिल्ली उड़ाने का भाव।

यह सब सुनते रहते थे नामवर, फिर भी नहीं लिखते।

यह वे किससे कहें कि दिल्ली में सब कुछ सम्भव था लेकिन लिखना नहीं। उस हालत में तो और भी नहीं, जब भौजी के पैर टूटे हों और वे बैसाखियों के सहारे घिसट रही हों। और संयोग देखिए कि इधर भौजी के पैर टूटे और उधर वे स्वयं अपनी बीमारी के चलते 'होली फैमिली' अस्पताल में भर्ती हुए।

मैं उस दिन पहुँचा था जिस दिन वे अस्पताल से मुक्त हुए थे। उन्होंने मुझसे वादा किया था कि जब स्वस्थ हो जाएँगे तो बनारस घर आएँगे—आराम करने के लिए।

6

और आए घर 'होली-फैमिली' अस्पताल से डिस्चार्ज होने के एक-डेढ़ महीने बाद 14 सितम्बर, 1997 को।

जैसे दिन भर जुताई करने के बाद बैल चरनी पर आता है, जैसे दिन भर उड़ते रहने के बाद पंछी अपने घोंसले में लौटता है, जैसे दिन भर बाहर धूप में खेलने के बाद बच्चा माँ की गोद खोजता है।

आए बुरी तरह थके माँदे, दुबले और छिन्न-भिन्न। चेहरे पर वही मुस्कान लेकिन बेजान, आँखों में वही चमक लेकिन उदास। बत्तीस साल बाद आए थे। उन्होंने घर छोड़ा था मार्च '65 में। तब के गए गए अब आए थे।

ऐसा नहीं कि इस दरम्यान नहीं आए थे या नहीं आते थे। बनारस में उनका सब कुछ था, यहीं पले-बढ़े थे, नौकरी की थी, गाँव था, खेत-खलिहान था; बनारस उनकी धमनियों में था, कपड़े-लते में था, उठने-बैठने में था, सोने-जागने में था। कैसे नहीं आते ? जब-जब मौके मिलते थे, तब-तब आते थे। बल्कि कहिए कि आने के मौके की टोह में ही रहते थे।...तो आते थे बनारस, ठहरते थे 'गेस्ट हाउस' या 'होटल' में, खाते-पीते थे घर और उद्घाटन या समापन करके लौट जाते थे। आज आए, कल रुके, परसों गए—यही था उनका।

यह सारा आना—चाहे जितनी बार हुआ हो—घर आना नहीं था।

वे आए थे योजना बनाकर—कुछ तो स्वास्थ्य लाभ के लिए लेकिन उससे ज़्यादा लिखने के इरादे से। दिल्ली न उन्हें 'एकाग्रता' दे रही थी, न 'एकान्त'। वहाँ की भाग-दौड़ की ज़िन्दगी से आजिज आ चुके थे वे। बहुत दिनों से दो किताबें घूम रही थीं उनके दिमाग में। इससे पहले भी कई किताबें कागज का मुँह नहीं देख सकी थीं। दिमाग में आईं और वहीं से गायब हो गईं। 'हिन्दी साहित्य का नया इतिहास', 'वाम सौन्दर्यशास्त्र', 'हिन्दी साहित्य की दूसरी परम्परा', 'संस्कृत काव्य की दूसरी परम्परा',

'रीतिकाल', 'हिन्दी कहानी का आज'–ऐसी ही जाने कितनी किताबें। लेकिन अबकी ऐसे ही नहीं जाने देना है इन दो पुस्तकों को। उनमें एक थी 'हिन्दी नवजागरण' पर और दूसरी थी 'कबीर' पर। इन दोनों के भ्रामक विमर्श पेश किए जा रहे थे, असंगत और कुतार्किक व्याख्याएँ की जा रही थीं–और वे क्षुब्ध थे। पहले से ही उन्होंने काफी नोट्स ले रखे थे और उनका कहना था कि इन दोनों पुस्तकों की सामग्री के ढेर सारे स्रोत बनारस में भरे पड़े हैं।

एक बात और थी कहीं न कहीं उनके अवचेतन में। इसके बारे में वे कभी नहीं बोलते थे लेकिन बातचीत में जो अवकाश छोड़ते थे, उनसे यही नतीजा निकलता था। वे देश भर घूम-घूम भाषण कर रहे थे पूरी तैयारी के साथ। नई-नई उद्भावनाएँ, चौंकानेवाली सूचनाएँ, झकझोरनेवाली स्थापनाएँ, हतप्रभ करनेवाली व्याख्याएँ। उनके पीछे उनका 'होम वर्क' होता था, उनमें उनकी 'लाउड थिंकिंग' का चेहरा झाँकता था। वे बातें कुछ लोगों को निढाल कर जाती थीं और कुछ को बेहाल। लेकिन उन्हीं में कुछ गुपचुप और वाचाल विद्वान भी हुआ करते थे जो अपने काम का सूत्र पकड़ लेते थे और उसी के तानेबाने पर अपना तम्बू-कनात खड़ा कर दे रहे थे। बातें नामवर की और सहमति-असहमति, विश्लेषण-संश्लेषण उनका। उन्हें शिकायत इससे नहीं थी, शिकायत थी तो यह कि भइया, जब तुम्हें लिखना ही था तो ठीक तरह से देख तो लिया होता, सोच-समझ तो लिया होता। कुछ नहीं तो हमीं से पूछ लिया होता। इस तरह दुर्गति तो न करते।

जैसे ही बैठे, वैसे ही पत्नी ने पूछा–"भाभी कैसी हैं ?"

"न पूछिए, जो चलाना है नहीं चलातीं, बैठी-बैठी जबान चलाती रहती हैं ?"

'जो' का मतलब पैर से था। प्लास्टर कट गया था और डॉक्टर ने पैरों को हिलाने-डुलाने की कसरत बताई थी। इसी बीच उनका ध्यान मेरे हाथ में पड़े पेचकश पर गया। मैंने उत्साह से उनके और अपने लिए चाय बनाई थी। चूल्हे की नाब ढीली हो गई थी और प्यालों के साथ पेचकश भी चला आया था मेरे साथ।

"काशीनाथ जी, आपके चाय पीने का यह तरीका मुझे नहीं पता था।"

"कौन-सा तरीका ?"

"यही कि आप पेचकाश से बोर-बोरकर कर चाय पीते हैं।"

मैंने हँसते हुए पेचकश की ओर देखा।

"आपको जूठन बाबू की याद है ? खिचड़ी-खिचड़ी नहानेवाले ? छोटे रहे होंगे आप।" जूठन बाबू हमारे घराने के बुजुर्ग थे जो साल में एक बार मकरसंक्रान्ति के दिन नहाते थे। उन्हीं के बारे में किस्सा सुनाया—"वे अपनी दालान में बैठे हुए थे कि सड़क से बहँगी ले जाते हुए एक कहार को देखा। देखा कि एक तरफ जमाव दही का मटका और दूसरी तरफ मूँज। दही के साथ मूँज का तुक उनकी समझ में नहीं आया। बोले—'अरे, थक गए होंगे, पानी-वानी पीकर जाओ।' कहार जब बहँगी उतारकर बैठ गया तो बोले—'तुम जिनके लिए ले जा रहे हो, क्या वे मूँज से बोर-बोर कर दही खाते हैं ?' वह हँसने लगा तो बोले—'ऐसा है कि मूँज तो छोड़ जाओ। वह हमारी खटिया के लिए ओंचन का काम देगी। हाँ, दही ले जाओ।"

वे इसी रौ में अपने जमाने के जीयनपुर के कुछ और किस्से सुनाते हुए सहसा मेरी ओर मुड़े—"इन दिनों क्या लिख रहे हैं काशीनाथ जी ?"

"कुछ नहीं, बस सोच रहे हैं।"

"क्या सोच रहे हैं।"

"लिखने के ही बारे में। कि क्या लिखें ?"

"डोंट थिंक, लुक।" वे क्षणभर के लिए रुके—"किसने कहा है यह ? विटिगेन्सटाइन ने। वियेना के एक दार्शनिक ने। कहा—सोचो मत, देखो। जो देखते हो, वही लिखो। सोचोगे तो सोचते रह जाओगे। सोचनेवाला आदमी टेस्ट ट्यूब में पड़ी हुई मक्खी की तरह होता है जो भिनभिनाती हुई उसी में चक्कर काटती रहती है। इसलिए सोचो मत, लिखो।"

"सुर्ती खिलाइए तो दो बातें और बताएँ आपको।" वे घुटनों के बल बैठ गए। लिखने के लिए दो बातें ज़रूरी हैं—पैशन और इंटेंसिटी। क्या कहेंगे हिन्दी में इन्हें ? लगन, धुन, सनक और सघन तथा तीव्रतम आवेग। इनके बिना बड़ा लेखन सम्भव ही नहीं है। बड़ा क्या, लेखन ही सम्भव नहीं है। ऐसे, लिखने के लिए तो इनके बगैर भी लिखते रहते हैं लोग। आदतन। आप कुछ नहीं कर सकते उनका।

"कहिए तो एक-दो बातें और जोड़ दें इसमें। कि आप क्यों लिखते हैं ? लिखे बगैर क्यों नहीं रहा जाता है आपसे ? तब जब आपमें आग सुलगनी शुरू होती है—नफरत की आग। जब अपमान की ज्वाला धधकनी शुरू होती है तब आप रुक नहीं सकते लिखे बगैर। यह नफरत की आग और अपमान

की ज्वाला—फ़िल्मी जुमले नहीं हैं। दलितों को देखो, स्त्रियों को देखो। भले उनमें पैशन या इंटेंसिटी न हो या कम हो लेकिन इसी आग ने उनके हाथ में कलम थमाई है।"

उन्होंने अपना डेरा-डंडा जमाया छत के कोने बने एक कमरे में। कमरा हवादार था और उसके आगे लम्बी-चौड़ी छत। अपनी सुविधा से लिखे पढ़ें और सुबह शाम टहला भी करें। यही सोचा था। लॉन में हरसिंगार और गुड़हल के दो पौधे थे जिनकी डालें छत की मुँडेर के ऊपर तक गई थीं। हरसिंगार फूलना शुरू हो गया था। सुबह एक अंजुरी हरसिंगार के सफेद नारंगी रंग के फूल इकट्ठा करते और कमरे की मेज पर रख देते।

जाने कितने वर्षों बाद ये दिन आए थे जब मैं साहित्य की सबसे चौकन्नी, जागरूक और अद्यतन प्रतिभा के निकट था। तय यही पाया था कि हम दोनों भाई कुछ दिन साथ रहकर अपना-अपना काम करेंगे। चाय और भोजन के समय जैसे बातें होती रही हैं, होती रहेंगी। इसके बाद वे अपना काम, हम अपना काम।

एक सुबह वे 'नोटबुक' के साथ नीचे आए। चाय पीने। लॉन में गुड़हल के दो खिले हुए लाल फूल देखे। उनके मुँह से निकला 'दुइ सिसु सुन्दर सीता जाये' और कुर्सी पर आ बैठे—"काशीनाथ जी, मैं ज्यादा नहीं, सिर्फ एक पैराग्राफ सुनाऊँगा गुलेरी जी का। लेख है—'काशी की नींद और काशी के नूपुर।' वह हिन्दी का जातीय गद्य हो ही नहीं सकता जिसमें 'भदेसपन' न हो। भारतेन्दु रईस थे लेकिन गद्य देखिए—सड़कछाप। पनवाड़ी की दुकान का गद्य। परसाई और प्रेमचन्द का गद्य देखिए। 'नवजागरण' वाली किताब में एक लेख होगा—चन्द्रधर शर्मा 'गुलेरी' और रामावतार शर्मा पर। रामावतार शर्मा गुलेरी जी की मृत्यु के बाद तीन वर्षों के लिए संस्कृत महाविद्यालय में प्रिंसिपल थे। संस्कृत के विद्वान और आधुनिक ! नास्तिक। हैट लगाए हुए गंगा स्नान करने जाते थे और लौटते सयम उसी हैट में सब्जी लाते थे। उन्होंने 'परमार्थ दर्शन' को सातवाँ दर्शन कहा है। नवजागण की दूसरी परम्परा इनकी है। रामविलास जी बेमतलब महावीर प्रसाद द्विवेदी की बातें करते हैं। ऐसे ही निर्मल वर्मा हैं—वे न ठीक से आधुनिकता को जानते हैं, न भारतीयता को। शर्मा जी एक तरफ वर्तमान को हेय समझते हैं और दूसरी तरफ द्विवेदी जी के बारे में कुछ ऐसा कहते हैं जैसे वे अपने समय

के लिए ही नहीं, आज के लिए लिखते रहे हों।

दोपहर इलाहाबाद से कोई आया और उसने बताया कि 'निराला सृजन पीठ' पर दूधनाथ की नियुक्ति के विरोध में अशोक बाजपेयी ने मन्त्री को कोई पत्र लिखा है।

"क्यों ?" मैंने पूछा।

"क्योंकि यह नियुक्ति उनके माध्यम से क्यों नहीं हुई ?" उसने कहा।

भैया अब तक चुप थे, बोले—"वही सास-बहू वाला किस्सा। गंगा नहाकर घर लौट रही थी सास। उसने अपने दरवाजे से निकलते हुए एक भिखारी को देखा। वह बड़बड़ाता और कोसता जा रहा था। "क्या बात है ?" सास ने पूछा। भिखारी बोला—"घर में नई बहू जैसी कोई औरत थी, उसने भीख भी नहीं दी और डाँटकर भगा दिया।" सास बोली—"अच्छा ? ऐसा किया उसने ? उसकी ऐसी हिम्मत ? आओ मेरे साथ।" वह भिखारी को लेकर घर गई। फिर अन्दर जाकर थोड़ी देर में बाहर आ गई। बोली—"मेरे रहते हुए बहू कौन होती है तुम्हें भगानेवाली ? जाओ भागो, भीख नहीं मिलेगी।"

शाम का अखबार। शिमला में निराला फिराक पर होनेवाले आयोजन की सूचना। 19.9.97। नामों की सूची में पहला नाम नामवर का और वे यहाँ थे। मैंने नाम पढ़े तो उन्होंने हेमचन्द्र का एक दोहा कहा—

गयउ सु केहरि, पियउ, जल, णिच्चिन्तइं हरिणाइं।
जसु केरए हुंकार डइँ भुइहुँ पंडति तृणाइं॥

(हे हरिणो। वह सिंह गया, निश्चिन्त होकर जल पियो। जिसके हुंकार से तुम्हारे मुँह का तृण भी बाहर गिर पड़ता था।)

एक दोपहर ज्ञानरंजन का सर्कुलर आया—आजमगढ़ में होनेवाले 'लघु पत्रिका आन्दोलन' के दूसरे अधिवेशन के बारे में। वे खाना खा रहे थे, बोले—"संगठन, आन्दोलन वगैरह तो ठीक, लेकिन डेढ़ कहानियों के कहानीकार ज्ञानरंजन मिलें तो उनसे पाँच प्रश्न करूँगा और कहूँगा कि उनके उत्तर खुद को दो, मुझे या किसी और को नहीं।"

एक : 'पहल' में प्रकाशित तीन कहानियों के नाम बताओ जिनके लिए 'पहल' को याद किया जाए।

दो : तीन कहानीकारों के नाम जिन्हें सामने लाने का श्रेय 'पहल' को हो।

तीन : किसी ऐसी पुस्तक की 'रिव्यू' जिसे अनुल्लेखनीय समझा गया हो और 'पहल' ने उसे उल्लेखनीय और महत्त्वपूर्ण रेखांकित किया हो।

चार : दरिदा, एजाज, लुकाच का अनुवाद नहीं, कोई ऐसा मौलिक वैचारिक लेख छापा हो जिसने पाठकों को उत्तेजित किया हो।

पाँच : कोई ऐसा सम्पादकीय जिसके लिए 'पहल' याद की जाए।

वे कोई 'पत्रिका' पढ़ने के बाद ऊपर से नीचे आए थे—चाय पीने। बोले—एक शब्द है 'सतृण अभ्याहारी'। यह राजशेखर का शब्द है यानी स+तृण अभि+आहारी। अर्थात् ऐसा आलोचक जो वह सब खाए जो मिल जाए। तुम्हें याद होगा, अपने गाँव पर भी दो तरह के बैल होते हैं—खुधुराह—(खद्धुर वह बैल कहलाते हैं जो सब खाते हैं) निखुराह—(वह बैल जो खाने में चुनाव करें) ये दो कोटियाँ आलोचकों की ही नहीं, सम्पादकों की भी हैं। एक वे सम्पादक हैं, जो वह सारा कुछ छापते हैं जो उनके पास छपने के लिए आ जाता है। दूसरी तरफ रमेशचन्द्र शाह जैसे आलोचक हैं जो किसी अज्ञात कुलशील कवि या कथाकार की पुस्तक की 'रिव्यू' भी उतनी ही बड़ी लिखेंगे जितनी बड़ी कुँवर नारायण की।

मूर्तिकार मदन लाल ने मुझे खबर दी कि दिल्ली से प्रयाग शुक्ल आए हैं।

"कौन आए हैं ?" उन्होंने मुझसे पूछा।

"प्रयाग शुक्ल।"

"दिल्ली में उन्हें 'प्रयाग जी' बोलते हैं जैसे 'उस्ताद जी'।"

फिर रुककर कहा—'जब लिन्क' निकलता था तो उसके सम्पादक थे कामरेड संगल। पी.सी. जोशी के मित्र। उन दिनों स्वामीनाथन चित्रकार नहीं, कला समीक्षक थे। पूरी पत्रिका में उनके लिए सिर्फ दो कॉलम थे। मैं उन दिनों 'जनयुग' में था। उनकी समीक्षा पढ़ने के बाद संगल साहब कहते थे—'अ पीस रिटेन बाइ अ डैमफूल अबाउट अदर डैमफूल।' प्रयागजी भी कला समीक्षक हैं। ये लोग 'पेंटिंग्स' की ऐसी-ऐसी समीक्षाएँ लिखते हैं,

रंगों के ऐसे-ऐसे अर्थ निकालते हैं जिसे न चित्रकार समझता है, न पाठक और न वे खुद।'

कोई पत्रिका पलटते हुए किसी कविता पर उनकी नज़रें टिकीं। उस पर केदार जी की कविता के मुहावरों की छाया थी।

बोले—"एक दिन केदार जी ने प्रसन्न मुद्रा में कहा—'आज लिखनेवाले अधिकांश कवियों पर मेरा प्रभाव दिखाई पड़ता है।' मैंने कहा—"अगर ऐसा है तो सचमुच यह चिन्ता की बात है, प्रसन्न होने की नहीं। क्योंकि किसी बड़े कवि का अनुकरण नहीं किया जा सका है—वह निराला हों या मुक्तिबोध। छायावाद के दिनों में ही पन्त का अनुकरण सभी कर रहे थे। आसान था उनकी नकल करना।"

इलाहाबाद से एक शोध छात्र आया। उसने किसी प्रसंग में विजयदेव नारायण साही की 'जायसी' की चर्चा की। इस पर उन्होंने संस्मरण सुनाया—"एक बार मैं ऐसे ही पहुँच गया था हरिवंश राय बच्चन के यहाँ। बच्चन जी के मेज पर साही की पुस्तक रखी थी। 'आपने पढ़ी ?' मैंने पूछा। बोले—'क्या पढ़ूँ ? शुरुआत में ही जायसी को ग़लत कोट किया है साही ने। लिखा है—'कवि कै बोल खरग हिरवानी।' अभी जगदीश गुप्त आया था। उससे पूछा तो बोला कि साही जी ने लिखा है तो सही ही होगा। लेकिन मुझे कुछ जम नहीं रहा है। अगर तुम कुछ जानते हो तो बताओ।

"मैंने वासुदेव शरण अग्रवाल द्वारा सम्पादित 'पद्मावत' पढ़ी थी और संयोग से याद था। कहा कि यह पाठ वहाँ कुछ इस तरह है—'कवि कै जीभ खरग हिरवानी ! एक दिसि आग, दुसर दिसि पानी।' खिल गए बच्चन जी। बोले—'लेकिन यह हिरवानी ? क्या मतलब ?' मैंने बताया कि 'हिरवानी' इराक में एक स्थान का नाम है जहाँ की तलवारें बहुत प्रसिद्ध थीं।"

उन्हें अपने पुराने दिन बहुत याद आ रहे थे इन दिनों। प्रायः रोज ही बचपन, कॉलेज के जीवन, अपनी नियुक्तियों और गुरुओं के बारे में कुछ न कुछ

सुनाते रहते थे। उदय प्रताप कॉलेज के हिन्दी अध्यापक मार्कण्डेय सिंह के लिए बहुत सम्मान था उनके भीतर। वे 'ए जी' करके बोलते थे–'ए जी, नन्द दुलारे वाजपेयी को कुछ आता-जाता भी है क्या ?' उन्हें माखनलाल चतुर्वेदी से चिढ़ थी जैसे। वे नामवर को पढ़ा रहे थे–'मेरे गीतों के राजा तुम, मेरे गीतों में वास करो।' वे बोले–'ए जी, स्वच्छन्दतावाद और छायावाद में यही फर्क है।' अगर छायावादी कवि होता तो यह लिखता–'मेरे गीतों की रानी तुम, मेरे गीतों में वास करो।'

अपने 'कवि काल' के दिनों को याद करते हुए बोले–"मुझे ऐसा कोई कवि सम्मेलन याद नहीं जिसमें त्रिलोचन हूट न हुए हों। वे कभी अपनी कोई कविता पूरी नहीं पढ़ सके ! सात-आठ पंक्तियों के बाद ही जो तालियाँ बजनी शुरू होती थीं, वे उनके हट जाने के बाद ही बन्द होती थीं...लेकिन एक बात बताएँ काशीनाथ जी, प्रेम और सौन्दर्य की कविताएँ वही अच्छी लिखें जो प्रेम में आकंठ डूबे हों–जरूरी नहीं ! बल्कि सच कहिए तो वैसी कविताएँ ज्यादातर उन लोगों ने अच्छी लिखी हैं जिन्हें प्यार नहीं मिला। मैं उन दिनों यू.पी. कॉलेज के 'फिफ्थ हॉस्टल' में रहता था और त्रिलोचन जी 'साधना कुटीर' में ! जे.पी. इंटर कॉलेज के सामने ! उसी में बट्ठी के हरिहर पांडेय भी थे ! उन्होंने त्रिलोचन जी से कहा–'बैठे बैठे क्या करोगे ? कोई काम ही करो !' उन्होंने त्रिलोचन जी को किसी लड़की का ट्यूशन दिला दिया। लड़की बड़े घर की और बड़ी खूबसूरत ! पता नहीं, लड़की को खबर थी या नहीं, त्रिलोचन रमे रहे ! इधर परीक्षाएँ खत्म हो गईं और ट्यूशन बन्द हो गया ! अब वे क्या करें ? वे जून भर तपती दुपहरिया में लू की लपटों के बीच ताड़ के पेड़ के नीचे खड़े रहते थे और वहाँ से उस घर की ओर ताका करते थे जिसमें वह रहती थी। उन दिनों त्रिलोचन रोज प्रेम की पाँच कविताएँ लिखते थे। ये तब की बातें हैं जब केदार जी का कहीं अता-पता नहीं था ! जब मैं इंटर में था तब वे पाँचवीं में आए थे। उनसे परिचय हुआ सन् '51 में। विश्वविद्यालय में। जब मैं डे हॉस्टल में आया, तब। वे गुर्टू हॉस्टल में शिव प्रसादजी के साथ थे।"

इसी दिन या दूसरे दिन हमारे क्षेत्र के एक सज्जन आए ! वे 'धानापुर कांड'

पर कोई पुस्तक लिख रहे थे ! धानापुर हमारा थाना है जो अगस्त सन् '42 में फूँका गया था ! भैया यू.पी. कॉलेज में पढ़ रहे थे उन दिनों, लेकिन उस वक्त वे गाँव पर थे। वे भी पहुँच गए थे धानापुर ! उनके सहपाठी महँगू सिंह गोली से शहीद हुए थे।

चर्चा छिड़ी तो बोले–"बड़ी तेज बारिश हो रही थी उस समय। थाने पर पूरा महाइच (परगना) जुटा था। भारी भीड़। हर तरफ तिरंगा लहरा रहा था और नारे गूँज रहे थे। इन्हीं नारों के बीच तिरंगा लिये विद्यार्थी जी थाने की चारदीवारी फाँदकर अन्दर कूद गए। थानेदार मजबूत कद-काठी का लम्बा तगड़ा। पागलों की तरह पिस्तौल ताने इधर-उधर दौड़ रहा था। उसने मार गिराया था मन्नी सिंह, रघुनाथ सिंह और महँगू सिंह को। बौखलाई भीड़ बेकाबू हो गई। कमालपुर वाले अग्रहरि ने पीछे से थानेदार की कमर पकड़ी और झूल गए। थानेदार उन्हें लिए दिए घसीटते हुए अपने घर की ओर भागा। इसी में कोई चिल्लाया–'देखते क्या हो, मारो साले को !' पहली लाठी कादिराबाद के राजनारायण सिंह ने मारी ! इसके बाद लोग टूट पड़े उस पर ! भीड़ को उधर झपटते देख दोनों सिपाही भागे गंगा की ओर। लेकिन उन्हें भी मार गिराया लोगों ने। फिर मुंशी समेत चारों को इकट्ठा कर थाने में आग लगा दी। इसके बाद लूटपाट शुरू हुई।

"बद्री भैया (हमारे चचेरे भाई) के हाथ सोने के दो कंगन लगे थे और सिमंगल (हमारे नौकर जामवन्त के पिता) के हाथ थाने में लटकती दीवाल घड़ी। सोचा, बड़ी कीमती चीज है। कुर्ते के अन्दर पेट पर दबाया और भागा। रास्ते में पेंडुलम ने घंटा बजाना शुरू किया तो लगा हाथ से दबाने लेकिन टन्-टन् बन्द ही न हो।

"बाद में उस घड़ी को डेढ़गाँवाँ के रकिया दुकानदार को पाँच रुपए में बेच दिया। वह आज भी उसी के पास होगी।

"170 आदमी पकड़े गए थे उस कांड में। सब जिला जेल में थे–हाथों-पैरों में हथकड़ी और जंजीरों के साथ। हर पन्द्रह दिन पर तारीख पड़ती थी। उनका एक साथ जंजीर बजाते हुए चलना तमाशा हुआ करता था। मुलाकात के समय एक-एक मीटर की दूरी पर एक कतार में 170 मुल्जिम और इनके आगे एक मीटर की दूरी पर मुलाकाती। बीच में वार्डर घूमा करता था दस पन्द्रह मिनट तक।

"मैं यू.पी. कॉलेज से नियमित जाता था उनसे मिलने।

"इनमें से तीन को फाँसी हुई, कुछ को आजीवन कारावास, विद्यार्थी

जी को दस साल की जेल। लेकिन आजादी मिलते-मिलते सब छूट गए।"

वे एक शाम कुछ सोचते हुए छत पर चहलकदमी कर रहे थे कि सहसा उनकी नजर सड़क पर जाते हुए चौथीराम जी पर गई। चौथीराम हिन्दी विभाग के प्रोफेसर ! मेरे मित्र। भैया ने मुझे आवाज दी।

"देखिए जरा वह मंजर। मसल है—'गोद में लड़का नगर भर ढिंढोरा।' उपन्यास आपकी आँख के सामने है और आप पता नहीं कहाँ-कहाँ ढूँढ़ रहे हैं।...चौथीराम जी घरगइया बैल हैं। जैसे घरगइया बैल की चाहे जितनी पूँछ ऐंठिए, पैना मारिए, ललकारिए, एक ही गति से पूरे दिन जुताई करता रहेगा—पछाँह बैल की तरह नहीं कि दिन भर की जुताई तीन घंटे में करके चरनी पर। जरा गौर से देखिए, यह 'दूर दृष्टि और पक्का इरादा' वाली चाल है। लेकिन इन्हें व्यक्ति के रूप में नहीं, एक नस्ल के रूप में देखने की जरूरत है। ऐसे लोग हर नगर और हंर बस्ती में हर युग में पाए जाते हैं।"

वह शायद मेरे कथाकार मित्र रमाकान्त श्रीवास्त थे खैरागढ़ से। कोई और था उनके साथ। रमाकान्त ने सुमन जी का संस्मरण पढ़ रखा था—'वागर्थ' में—'नामवर आख्यान'। सुमन जी ने बताया था कि जोधपुर में कैसे नामवर नियुक्त हुए और उसमें उनकी क्या भूमिका थी ? बातें नामवर की पुस्तक 'छायावाद' से शुरू हुईं और आ गईं उनकी नियुक्तियों और साक्षात्कारों पर।

बोले—मैंने दो बार 'इंटरव्यू' दिए। पहली बार काशी हिन्दू विश्वविद्यालय में स्थायी पद के लिए। निकाले जाने के दो साल पहले और दूसरी बार सागर में। वाजपेयी जी दोनों जगह एक्सपर्ट के रूप में थे। वाजपेयी जी के साथ के प्रश्न और उत्तर याद हैं ?

वाजपेयी जी—छायावाद पर शुक्ल जी ने तो लिखा ही था, आपने क्यों लिखा ?

उत्तर—मुझसे पहले तो आपने लिखा है। आपने क्यों लिखा ?

वाजपेयी जी—आपने मार्क्सवादी दृष्टि से छायावाद को देखा है। क्या यह 'छायावाद' के साथ न्याय है ?

उत्तर—पूरी पुस्तक में कहीं भी मार्क्स या 'मार्क्सवाद' का ज़िक्र नहीं है।

"इसी तरह के प्रश्न और उत्तर थे। नियुक्ति नहीं होनी थी, नहीं हुई। कारण बहुत सारे दूसरे थे। परेशान जितना मैं नहीं, उससे ज़्यादा द्विवेदी जी थे क्योंकि उनके रहते और चाहते हुए नहीं हुई थी।

"सागर में धीरेन्द्र वर्मा थे और द्विवेदी जी। वाजपेयी जी की इच्छा के विरुद्ध कुलपति डी.पी. मिश्र ने किया था पंडित जी की जमानत पर। वे बहुत सम्मान करते थे पंडित जी का। 'इंटरव्यू' के बाद मिश्र जी ने शाम को मुझे अपने घर बुलाया। उनसे लगभग पौन घंटे बातें हुईं—कुछ इस तरह की—

आप पार्टी मेम्बर हैं ?

जी हाँ।

यहाँ भी दफ्तर है पार्टी का ?

नहीं मालूम।

पार्टी के किसी आदमी को जानते हैं ?

जी नहीं।

पार्टी छोड़ नहीं सकते ?

आप भी तो कांग्रेस के मेम्बर हैं ?

मेरी बात और है। सरकार भी कांग्रेस की है।...तो आप यहाँ पार्टी का काम करेंगे ?

काम वहाँ होता है जहाँ जनाधार होता है। यहाँ मेरा कोई जनाधार नहीं है। और मैं मेम्बर भी हूँ तो बनारस की पार्टी का, सागर का नहीं।

"इसके बाद मिश्र जी ने चेतावनी और हिदायत देते हुए कहा—'एक बात जान लो, यहाँ कुछ भी करोगे तो मुझे पता चल जाएगा। खैर, जाओ लेकिन इतना ध्यान रखना कि वाजपेयी जी नाराज न हों।'

"जोधपुर का यह है कि न मैंने आवेदन किया था, न मेरा बॉयोडाटा था। हिन्दी विभाग के जगदीश शर्मा से कुलपति वी.वी. जान ने पुछवाया था—'क्या आप जोधपुर में इंटरेस्टेड हैं ?'

"विशेषज्ञ थे—डॉ. ब्रजेश्वर वर्मा, डॉ. सत्येन्द्र सुमन जी।"

"वी.वी. जॉन 'क्वेस्ट' के सम्पादक। 'कांग्रेस फॉर कल्चरल फ्रीडम' के सदस्य। सागर के दिनों के मेरे एक मित्र थे—दयाकृष्ण। वे भी सदस्य थे—'कांग्रेस फॉर कल्चरल फ्रीडम' के। शायद उन्होंने ही चर्चा की हो जॉन से।"

"मैं 15 अक्तूबर को गया था जोधपुर—पुस्तक प्रदर्शनी में भाषण

करने। अध्यक्षता वी.वी. जॉन ने ही की थी। उसी दिन कार्यकारिणी की बैठक की थी और नियुक्ति पत्र साथ लेकर आए थे। आयोजन खत्म होने के बाद मुझे पत्र दिया और कहा कि कल कचहरी खुलने के पहले ज्वाइन कर लीजिए।

"इतना पता चला कि उन्होंने सुमन जी को अपने साथ ठहराया था और मेरे बारे में पूछा था। सुमन जी ने कहा—'विद्वान तो हैं लेकिन कम्युनिस्ट हैं।' इस पर जॉन साहब ने कहा—'कोई बात नहीं, मुझे तो 'कन्वर्ट' नहीं कर लेगा न ? बस।'

"काशीनाथ जी ! यहाँ जबसे आया हूँ, तबसे एक प्रश्न तंग कर रहा है।" उन्होंने खाने के बाद दाँत खोदते हुए कहा—"एक ही नगर, एक ही समय और हिन्दी की तीन महान विभूतियाँ—आचार्य रामचन्द्र शुक्ल, प्रसाद जी, प्रेमचन्द। आपस में ईर्ष्या, द्वेष की कोई गुंजाइश भी नहीं थी। एक आलोचक, दूसरा कवि और नाटककार, तीसरा कथाकार। ये तीनों कभी एक दूसरे से मिलते क्यों नहीं थे ? साहित्य और समाज की समस्याओं पर बातें क्यों नहीं करते थे ? शुक्ल जी तो, मान लीजिए दूर रहते थे—रवीन्द्रपुरी कॉलोनी में। स्वभाव भी थोड़ा अलग था। दमा के मरीज। अपनी बैठक में केवल एक कुर्सी रखते थे। प्रायः खड़े-खड़े दरवाजे से ही बातें करके टरका देते थे। अगर अन्दर आ गया तो शुक्ल जी बैठे और वह खड़ा। लेकिन प्रेमचन्द और प्रसाद तो पास-पास रहते थे फिर भी नहीं आते-जाते थे एक-दूसरे के यहाँ। क्यों ?

"बताइए, कुछ सोचा होगा आपने ?

"भई, अभी तक तो मेरा ध्यान नगर की ब्राह्मणवादी परम्परा की ओर गया है। ये प्रसाद के भी खिलाफ थे और प्रेमचन्द के भी। ब्राह्मण होते हुए 'उग्र' और द्विवेदी जी इन्हें भुगत चुके हैं फिर ये दोनों तो गैर ब्राह्मण थे। जोड़-तोड़ करना, लगाना-बुझाना, उपेक्षित करना, अपमानित करना, दुष्प्रचार करना, एक को दूसरे के खिलाफ करने के लिए फुलझड़ियाँ छोड़ना—इनके हथकंडों में शामिल रहा है। मुझे लगता है, बाद के दिनों में प्रसाद प्रेमचन्द दोनों ने इस बात को समझा। अन्त के सात साल उनके बड़े सौहार्द्रपूर्ण गुजरे थे, वे मिलते भी रहे और एक-दूसरे का सम्मान भी करते रहे। देखिए, 'हंस' के अंक, वह प्रसाद की कविताओं-कहानियों से भरा पड़ा है।"

"लेकिन शुक्ल जी ? वे मुझे पशोपेश में डाल रहे हैं। ऐसा क्या है उनमें, कि वे शुक्ल जी में अपनी 'पहचान' और 'रक्षक' देख रहे हैं।" ऐसों में सिर्फ भाववादी ही नहीं, वे क्रान्तिकारी मार्क्सवादी भी शामिल हैं जो अपने को उस परम्परा का विरोधी कहते हैं।

किसी पत्रिका में आज की कहानियों की समीक्षा पढ़ी थी। मुँह ऐसा बनाए थे जैसे दिन ही खराब हो गया हो। चाय पीते हुए बोले–"जायका बिगड़ गया सुबह-सुबह। देखें तो बुरा, न देखें तो बुरा। अब इन्हीं की आलोचना देखिए। एक तो भाषा ऐसी कि पढ़नी मुश्किल। दूसरे, कहानी इसलिए अच्छी है कि उत्तर आधुनिक है, वह इसलिए अच्छी है कि दलित चिन्तन के नए आयाम प्रस्तुत करती है, और तीसरी इसलिए कि नारी विमर्श का अनदेखा चेहरा पेश किया है, चौथी इसलिए कि विचार करने के लिए नया क्षितिज खोलती है। तो यह है कहानी के 'अच्छी' होने का राज। पूरे विश्लेषण में क्यों अच्छी है–इसके बारे में एक शब्द नहीं। भइया, यह सारा कुछ होते हुए भी कहानी खराब हो सकती है। कहानी के अच्छी-बुरी होने का यह 'क्राइटेरिया' ही नहीं है। कुछ मत करो, सिर्फ दो कहानियाँ लो–'कामरेड का कोट' और 'और अन्त में प्रार्थना'–इन दोनों को अगल बगल रख कर पढ़ो और तुलना करते हुए 'एनालाइज' कर दो। पता चल जाएगा कि अच्छी और बेहतर कौन है ? और कोई कहानी अच्छी क्यों होती है ?"

"भंते, मुझे सही-सही उत्तर नहीं मिला इस प्रश्न का कि बुद्ध ने घर क्यों छोड़ा ?" सिद्धार्थ से प्रश्न किया उन्होंने–"कौन-सी बार, और कितनी बार यह याद नहीं। पिछले सात साल से जब भी आ रहे थे, उससे यह प्रश्न जरूर करते थे।"

सिद्धार्थ को पता था कि जो दूसरों के लिए स्वीकृत उत्तर होते हैं, वे ही उनके प्रश्न होते हैं।

सिद्धार्थ मेरा बेटा ! पालि और बौद्ध साहित्य का विद्यार्थी। भागलपुर विश्वविद्यालय से सम्बद्ध लेक्चरर। आया था किसी काम से लेकिन उनका स्वास्थ्य और रोज-रोज अस्पताल की दौड़ धूप देखी तो रुक गया था।

"देखो, कालामों से क्या कहा था बुद्ध ने ? कहा था कि किसी बात पर इसलिए विश्वास न करो कि ऐसा शास्त्र कहते हैं या यह परम्परा से चला आ रहा है, या ऐसा गुरुजनों अथवा बुजुर्गों ने कहा है। उसे अपनी बुद्धि की कसौटी पर कसो और उचित लगे तो स्वीकार करो और अनुचित लगे तो अस्वीकर कर दो।...तो गले नहीं उतर रही हैं ये बातें—कि राजपाट और भोग-विलास के जीवन से ऊब कर घर छोड़ा, बूढ़े को देखा, मुर्दे को देखा, संन्यासी को देखा और घर छोड़ दिया। याद रखें कि जब घर छोड़ा था तब उनकी उम्र सत्ताइस साल थी। उनके पिता शुद्धोदन की हैसियत एक ताल्लुकेदार या सम्पन्न जमींदार से ज़्यादा नहीं थी। वे किसी बड़े राजा महाराजा के राजकुमार नहीं थे कि महल में ही बन्द रहें, बाहर न निकला करें। वे बचपन से ही बूढ़े, मुर्दे, संन्यासी देखते रहे होंगे। फिर इतनी देर क्यों की 'गृहत्याग' में ?

"और अव्वल तो आचार्य बुद्धघोष के जिस भाष्य के प्रमाण पर 'गृहत्याग' का यह आख्यान प्रचारित है, वे बुद्ध के हजार साल बाद पैदा हुए थे। हो सकता है यह जनश्रुति रही हो, मिथ रहा हो ? राहुल जी समेत सभी विद्वानों ने इसी भाष्य को अपना आधार बनाया है।"

सिद्धार्थ गम्भीरता से उन्हें सुनता रहा फिर बोला—"उस दूसरी कथा के बारे में आपकी क्या राय है ?"

"कौन-सी कथा ?"

सिद्धार्थ ने जो कथा सुनाई, वह यह थी—"कपिलवस्तु और कोलिय नगर के बीच रोहिणी नाम की नदी बहती थी। नदी के इस पार शाक्य और उस पार कोलिय। क्षत्रिय के ये दोनों वंश नदी के पानी के लिए झगड़ते थे। नदी पर बाँध बना कर उसका पानी शाक्य कभी अपने खेतों में ले जाते थे, कोलिय कभी अपने खेतों में। भयंकर खून-खराबा होता था पानी को लेकर। एक बार कोलिय अपनी सेनाओं के साथ उस पार से चढ़ आए तब शुद्धोदन ने सिद्धार्थ से कहा—"मैं बूढ़ा हुआ, अब तू जा और क्षात्रधर्म का पालन करते हुए शाक्यसेना का नेतृत्व कर।" सिद्धार्थ ने अपने पिता से पूछा—"पानी का मोल क्या ?" राजा ने कहा—"कुछ नहीं।" सिद्धार्थ ने उसके बाद दूसरा प्रश्न किया—"और क्षत्रिय का मोल ?" शुद्धोदन ने कहा—"वह तो अनमोल है।" सिद्धार्थ ने उसके बाद दूसरा प्रश्न किया—"जिसका मोल कुछ नहीं है, उसके लिए आप अनमोल का खून क्यों बहाना चाहते हैं ?"

"हे तात ! मनाक ठहरिए, अगर इस कथा का पाठ यही है तो इसका सम्बन्ध 'निर्वाण' से है; लेकिन अगर पाठ आम्बेडकर वाला है तो 'गृहत्याग' से।"

"अम्बेडकर वाला पाठ कौन-सा है ?" सिद्धार्थ ने पूछा।

भैया ने जो पाठ सुनाया, वह इस तरह था--

"शाक्यगण का अपना नियम था कि यदि आदेश दिए जाने पर कोई अस्वीकार कर दे तो उसके लिए दंड के दो प्रावधान थे—मृत्युदंड अथवा राज्य निष्कासन। जब शुद्धोदन ने राजकुमार सिद्धार्थ से कहा—'क्षात्र धर्म का पालन करते हुए शाक्य सेना का नेतृत्व करो' तो उन्होंने अस्वीकार कर दिया और मृत्युदंड के बजाय राज्य निष्कासन स्वीकार किया। इस तरह वे रात के अँधेरे में ही सही लेकिन पिता, पत्नी, गुरुजन—की सहमति से राज्य के बाहर चले गए।' अब मेरी समस्या यह है कि आम्बेडकर के इस पाठ के प्रामाणिक स्रोत कहाँ हैं ? वे नहीं मिल रहे हैं मुझे।"

इसके बाद आचार्य बुद्धघोष का भाष्य 'अट्ठकथा', धम्मपद, राहुल जी की 'बुद्धचर्या', कोशाम्बी की 'भगवान बुद्ध' और भी ढेर सारी पुस्तकें जुटाई गईं। सिद्धार्थ ने यह सारा उनके हवाले किया और खिसककर चुपके से अपनी माँ के कमरे में चला गया।

कुसुम जैसे उसका इन्तजार ही कर रही थी गुस्से में—"तुम उन्हें आराम करने के लिए नहीं कह सकते ? क्या कहा था डॉक्टर ने ?"

"क्या कहें ? किसी की सुनें तब न ?"

वे मेरी ओर मुड़ी—"आप ही क्यों नहीं कहते ? सिर पकड़ कर बैठे हैं यहाँ ?"

"मत बोलो, इस समय वे पता कर रहे हैं कि बुद्ध ने घर क्यों छोड़ा ?" मैंने हँसते हुए कहा।

चिढ़ गई कुसुम, बोली—"इसलिए छोड़ा कि उनके घर था, बीवी थी, बेटा था, मोह माया थी—छोड़ने के लिए भी कुछ न कुछ होना चाहिए। घर में भी बेघर ही रहते हैं और पूछते हैं कि घर क्यों छोड़ा ?"

बिहार से दर्शन के एक अध्यापक आए थे और चर्चा कर रहे थे आप्त वचनों की कि वे सार्वभौम हैं।

इस पर उखड़ गए नामवर। बोले—यह पश्चिम में कहते हैं—'ट्रुथ इज़

यूनिवर्सल'। इसे ठीक से समझो। जो अमेरिका योरोप का सच है, वही एशिया अफ्रीका का सच कैसे हो सकता है? साम्राज्यवाद और उपनिवेशवाद उनका सच हो सकता है, हमारा तो नहीं। हाँ, इसे हमारे यहाँ वे मानते हैं जिन्हें दुकानदौरी चलानी होती है—विद्यानिवास जी जैसे लोग। इसलिए पोस्टमाडर्निस्ट कहता है कि 'ट्रुथ इज़ लोकल' यहाँ तक कि जो हमारा सच है, वही आदिवासियों का सच नहीं है। बुद्ध स्वयं सनातनवाद के विरुद्ध परिवर्तनवाद के पक्षधर थे। विच्छिन्न प्रवाह और क्या चीज है? इसलिए पंडित जी 'भारतीय संस्कृति' को रज्जब मियाँ का हुक्का कहते थे। कभी नेचा बदला, कभी नारियल, आग बराबर रहती है, पानी कभी कभी, चिलम भी कभी कभी। हाँ, सब एक साथ नहीं बदलता फिर भी, हुक्का हुक्का ही रहता है।

एक दिन जब मूड में थे, मैंने पूछा—"पिछले दस सालों से जो घूम-घूम कर यहाँ-वहाँ भाषण करते फिर रहे हैं, इसके पीछे क्या मकसद है आपका?"

उन्होंने एक क्षण मेरी ओर देखा, फिर फिराक का एक शेर सुनाया—

दुविधा पैदा कर दे दिलों में
ईमानों को दे टकराने
बात वो कर ऐ इश्क कि जिससे
सब कायल हों, कोई न माने।

7

वे बरामदे में आरामकुर्सी पर अधलेटे डॉक्टर का इन्तजार कर रहे थे। डॉक्टर ने शाम छह बजे का समय दिया था और वह बीत रहा था। उन्हें बुखार तो हल्का था लेकिन खाँसी बढ़ गई थी। वे बार-बार घड़ी देख रहे थे। पिछली रात नींद भी नहीं आई थी उन्हें। खाँसी के कारण।

साढ़े छह बजा, डॉक्टर नहीं आया।

सात बज गया, डॉक्टर नहीं आया।

जब साढ़े सात हुआ और डॉक्टर नहीं आया तो कुर्सी से उठते हुए बोले–

वो आते हैं, आ रहे हैं, आ रहे होंगे
इसी ख़याल में रातें गुजार दीं हमने।

ये बातें नहीं, बातों के टुकड़े हैं–और वे भी तब के, जब बुखार आता था और उन्हें थोड़ी देर की मोहलत देकर चला जाता था।

यह बुखार उनके लिए ही नहीं, पूरे घर के लिए और इससे ज़्यादा डॉक्टरों के लिए रहस्य हो गया था। उनके बनारस आने के तीसरे दिन से शुरू हुआ था–कभी दोपहर बाद आता, कभी सुबह, कभी शाम। कभी दिन में बख्श देता, रात में चला आता। जाँच की प्रक्रिया शुरू हो गई थी। चौथे दिन से ही और नगर का ऐसा कोई डायग्नोस्टिक सेन्टर नहीं, जहाँ कोई न कोई जाँच न हुई हो। डॉक्टर एक दो नहीं, तीन चार थे जिनसे कोई न कोई सलाह न ली गई हो और उनकी दवाएँ न की गई हों। लेकिन बुखार ने न किसी का सुना, न किसी का माना। 101 टेम्परेचर उसकी सीमा थी।

भैया की हिम्मत जवाब दे रही थी। शुरू में वे सीढ़ियों की रेलिंग के सहारे अपने कमरे तक आते जाते रहे लेकिन बाद में मेरे कमरे में आकर ढह गए। वे थोड़ा भी बोलते तो उनकी साँसें फूलने लगतीं। वे अपने मौजूदा

बुखार को कभी तीन महीने के 'वाइरल' से जोड़ते, कभी पन्द्रह साल पहले के 'सेरेब्रल मलेरिया' से। उन्हें लगता कि ये उन्हीं में से किसी के जीवाणु हैं जो शेष रह गए हैं। वे डॉक्टरों को बताते भी, लेकिन वे इसे खारिज कर देते।

मैं एक बार उनकी कोई जाँच करवा कर लौट रहा था। वे स्कूटर पर मेरे पीछे बैठे थे। जब भी कहीं 'स्पीडब्रेकर' या 'गड्ढा' पड़ता, उनके मुँह से कभी चीख निकलती, कभी कराह। घर पहुँचने पर किसी तरह उन्हें बिस्तरे तक लाया। वे जाने कितनी देर तक अचेत लेटे रहे आँखें बन्द किए। सामान्य होने पर बोले—"निष्प्राण हो गया हूँ। रास्ते में एक-एक पसली छिटक कर अलग हो गई है।"

मैंने डॉक्टर को ख़बर दी।

उसने तीन जाँच के लिए कहा—मांटूश, फेफड़े का एक्सरे और एलाइसा।

भैया जाँच कराते कराते थक चुके थे। अब कोई दिलचस्पी नहीं रह गई थी उनकी। पूरी तरह से ऊब गए थे। मैंने उन्हें ढ़ाढ़स बँधाते हुए कहा—"बस यही तीन और देख लें।"

"बैठो।"

मैं उन्हीं के बिस्तरे पर बैठ गया।

"देखो, मैं जीने के लिए नहीं जीना चाहता। आया था उत्साह से 'नवजागरण' पर किताब लिखने के लिए लेकिन न लिख पा रहा हूँ न पढ़ पा रहा हूँ। ऐसे जीने से क्या लाभ ? आखिर डॉक्टर बताते क्यों नहीं कि इतने दिनों से बुखार क्यों है ?"

"थोड़ा और सब्र कीजिए, सब ठीक हो जाएगा।"

वे भावुक हो उठे। मैं जाने के लिए जैसे ही खड़ा हुआ, उन्होंने मेरा हाथ खींचा और अपने हाथ में लिया। उखड़ी हाँफती साँसों के साथ 'रामचरित मानस' के उस प्रसंग की चर्चा शुरू की जिसमें भरत कहते हैं कि विधाता को दोनों भाइयों का संग साथ पसन्द नहीं है।

शाम को न बुखार था, न सिरदर्द। वे खुश थे किसी बच्चे की तरह। बोले—कल विश्वविद्यालय लाइब्रेरी चलना है, तैयार रहना। अगर मौका मिला तो कल ही शम्भुनाथ सिंह के घर जाएँगे—"'क्षत्रिय मित्र' की फाइल देखने। वे नहीं हैं लेकिन भाभी जी को पता होगा।"

मैं एक जाँच रिपोर्ट लाने सिगरा गया था, लौटने में देर हो गई। आठ

बज गए थे। यह उनके खाने का समय था।

अपने कमरे में देखा, वहाँ नहीं थे। खाना भी नहीं खाया था। कुसुम ने बताया कि ऊपर अपने कमरे में गए हैं।

कमरे में नहीं थे। छत पर भी नहीं थे। वे थे टिन के शेड के नीचे। कुर्सी पर बैठे। चुपचाप खोये हुए। सामने देख रहे थे आकाश की ओर। आकाश में तारे थे, चाँद का उजास था, चाँद कहीं और था। आँखों के सामने नहीं। यह भी नहीं कहा जा सकता कि वे कहीं देख ही रहे थे। वे अँधेरे में थे, शाल में ढँके हुए। हवा नहीं थी लेकिन हल्की-सी सिहरन थी।

मैं देर तक खड़ा रहा उनके पीछे–बिना किसी आहट के।

बगैर उन्हें डिस्टर्ब किए मैं जैसे ही मुड़ा, उन्हें खाँसी आई–"काशी, मैं दाल का वह दाना ढूँढ़ रहा हूँ जो कहीं खो गया है।...आओ बैठो इस मोढ़े पर। तुम्हें याद होगा, माँ एक कहानी सुनाती थी हमारे बचपन में। एक तोता था और एक मैना। दोनों ने मिल कर बड़ी मेहनत से घूरे में से एक चना ढूँढ़ निकाला। फिर उसे चक्की में दला। उस चने की एक दाल खूँटी में अटक गई और दूसरी तोता लेकर उड़ गया। दाल खूँटी में, अब मैना क्या करे ? क्या खाए, क्या पिए, क्या ले परदेश जाए ? यहीं से शुरू होता है मैना का संघर्ष। वह पहले बढ़ई के पास जाती है, बढ़ई के मना करने पर राजा के पास, राजा से रानी, रानी से सर्प, सर्प से लाठी, लाठी से भरसायं, भरसायं से समुद्र, समुद्र से हाथी, हाथी से रस्सी, रस्सी से चूहा...वह कहाँ-कहाँ नहीं जाती है, क्या-क्या नहीं करती है चने की उस दाल के लिए जो खूँटे में खो गई है। तुम भी कहाँ-कहाँ दौड़ रहे हो और रोग है कि इस शरीर में अटका हुआ है लेकिन कहाँ–कोई नहीं समझ पा रहा है। आज बीस दिन हो रहे हैं उसे ढूँढ़ते हुए।"

'चलिए, खाना खाया जाए।' हम नीचे आए।

भोजन से पहले उन्होंने फोन पर गीता से बातें कीं।

वह दो-ढाई महीने बाद माँ बनने वाली थी। इसे लेकर वे चिन्तित भी थे और उत्साहित भी। हर आदमी के जीने के अपने तर्क होते हैं, गीता भैया का तर्क थी–पन्द्रह-बीस वर्षों से। वे जिस दिन गीता से बात कर लेते, नए सिरे से जी उठते। उससे अपनी बीमारी की चर्चा करने से अक्सर बचते।

उन्हें नींद नहीं आ रही थी और मैं उनके सिर में तेल लगा रहा था। आराम

मिल रहा था उन्हें। वे आँखें बन्द किए लेटे थे।

यही अवसर होता है हल्की-फुल्की घरेलू बातें करने का।

"एक काम अच्छा किया बुद्ध ने कि अपने वचनों को संस्कृत में अनूदित नहीं होने दिया, वरना ब्राह्मण उसे अपने अनुकूल बना लेते। महावीर जैन के वचन गायब ही हो गए। उससे सबक सीखा।...जानते हो भरत सिंह उपाध्याय को ? 'पालि साहित्य का इतिहास' वाले ? वे घंटे भर अपने सिर पर ब्राह्मी आँवला तेल चाँतते थे और बारहों महीने छाता लगाए हुए घरगइया बैल की तरह पूरे दिन हराई चलते रहते थे। रेवं रेवं करते हुए।"

"कम बोलिए, कमजोरी बढ़ेगी कि नहीं !" कहते हुए कुसुम आकर बैठ गईं।

भैया आँखें बन्द किए ही मुस्कराए—"यही बात अपनी जेठानी से कहती तो कितना अच्छा था। जब भी लिखने-पढ़ने बैठो, बरबराना शुरू कर देती हैं। उनकी सुनती रहें तो दाई और महराजिन पन्द्रह दिन न टिकें। पता नहीं, फ्रैक्चर के क्या हाल होंगे उनके ? कहने-सुनने का असर तो पड़ता नहीं उन पर, करती हैं अपने मन की। चाहे जितना भोंकिए। हाँ, सुनती हैं तो केवल विजय प्रकाश जी की। और वे घर तब आते हैं जब पता चल जाता है कि मैं नहीं हूँ।"

"वे उन्हें अपने साथ ही क्यों नहीं रखते ?"

"यह न पूछें तो अच्छा।...आखिर पत्नी मेरी हैं, मेरे भी अपने कुछ कर्तव्य हैं जिन्हें मैं भूल गया था। विजय प्रकाश जी ने याद दिला दिया।"

"गीता तो आती होगी ?"

"हाँ, एक बार आई थी शादी के बाद। पवन के साथ। उसके बाद फिर नहीं आई। उसका आना न विजय प्रकाश जी को पसन्द है, न आपकी जेठानी को।...हाँ, यह ठीक है। बड़ा आराम मिल रहा है ऐसे, काशीनाथ जी।" मैं अब सिर छोड़ कर उनके तलवों में तेल लगाने लगा था।

वे कुछ देर तक वैसे ही शान्त पड़े रहे।

"काशीनाथ जी, सुनिए अपनी भौजी की। आप भी कुसुम जी। बहुत दिनों तक मेरी समझ में नहीं आता था कि वे ऐसा क्यों कहती हैं ? और एक-दो बार नहीं, कई बार कह चुकी हैं कि आपको कहीं कुछ हो-हवा गया तो मेरा क्या होगा ? मैंने सोचा, किसी भी पत्नी की कामना होती है कि वह सधवा मरे, पति के जीवित रहते दिवंगत हो इसी में उसकी मुक्ति है।

और एक यह हैं कि उल्टा ही सोच रही हैं। अरे भई, यह भी तो हो सकता है कि मुझसे पहले तुम्हीं चल बसो। मुझे एक बार क्रोध आया तो कह भी दिया मैंने। तो जानते हैं क्या कहा उन्होंने ? कहा—मेरा ऐसा भाग्य कहाँ ? मैं चुप लगा गया और अब कुछ नहीं कहता हूँ।...मैं न रहूँ तब भी उन्हें कोई दुःख तकलीफ न हो, यह व्यवस्था तो कर दी है मैंने, लेकिन सोचता हूँ यह बात आई ही क्यों उनके मन में ? इसका मतलब था कि उन्हें उस बेटे पर भी भरोसा नहीं जिस पर गुमान करती थीं, जिसके लिए बराबर चिन्तित रहती थीं। मान लीजिए कि मैं तो किसी काम का नहीं था, रही बेटी तो वह परायी हो गई थी लेकिन बेटा ?...क्या कहें आप लोगों से ? उन्होंने जीने का सुख तो नहीं ही जाना, अब देखता हूँ कि मरने के बाद के दुःख से परेशान रहने लगी हैं और कोशिश में रहती हैं कि बेटा नाराज न होने पाए।"

वे धीरे-धीरे बोल रहे थे—रुक-रुक कर। बीच-बीच में ठहर कर लम्बी साँसें लेते थे और सीने पर हाथ रख लेते थे जैसे तकलीफ हो—बोले—"जाओ, सोओ तुम लोग। यह सब कहा भी तो नहीं जा सकता किसी से।"

10 अक्टूबर, 1997।

विजयादशमी से एक दिन पहले।

सुबह टेम्परेचर था। दर्द से पूरा शरीर टूट रहा था। हल्की खाँसी थी और गला फँस रहा था। आँखें आकाश की तरह नीली, धुली और साफ़ थीं—लेकिन सूनी और उदास। उन्होंने मुझसे अपने कमरे में कुछ किताबें मँगवाई और सिरहाने रखवा दीं।

"सुनिए।" उन्होंने कहा—"अब मैं कोई जाँच नहीं कराऊँगा। बहुत हो गया।"

"कोई जाँच ही नहीं होनी है अब। तीन बजे दो डॉक्टरों के साथ डॉक्टर श्रीवास्तव आएँगे, रिपोर्टें देखेंगे, एक निर्णय लेंगे और कल से फाइनल दवा शुरू।"

"मैं दवाएँ खाते-खाते थक गया हूँ।"

"अभी तक तो सारी दवाएँ अटकल पर हो रही थीं।"

"इधर आओ।" उन्होंने मुझे बुलाया और मेरी हथेली से अपनी आँखें ढँक करके कहा—"सचमुच बहुत थक गया हूँ काशी।"

मैं उनसे कहना चाहता था कि यही दिन है—दशहरे के एक दिन पहले का दिन जब आप गाँव आया करते थे और दशहरे का मेला दिखाने कमालपुर ले जाया करते थे लेकिन नहीं कहा। वे जाने क्यों, बहुत भावुक हो गए थे इन दिनों। उन्होंने बीमारी की शुरुआत के दिनों में गाँव के 'मानस सम्मेलन' में तीसरे दिन समापन भाषण दिया था। और अन्त करते-करते रो पड़े थे—"बहुत थक गया हूँ मैं।" 'कबहुँक मन बिसराम न मान्यो', 'विनयपत्रिका', 'कलिकाल' और तुलसी के जीवन संघर्षों का जिक्र करते हुए कहा—"बचपन में ही माँ-बाप का प्यार छूटा, पत्नी छोड़ी, घर दुआर छोड़ा, बनारस में दुरदुराये गए तो उसके बाहर अस्सी पर बसे, और चार चने के दानों को ही चारों फल जाना।...यहाँ से वहाँ, वहाँ से यहाँ रात दिन दौड़ते-दौड़ते थक गया हूँ। 'डासत ही गई बीत निसा सब कबहुँ न नाथ नींद भरि सोयो।' बिछौना बिछाने और सोने की तैयारी में ही सारी रात बीत गई, जाना ही नहीं कि नींद क्या होती है ? अब मैं विश्राम चाहता हूँ। अपने चित्त को विश्राम देना चाहता हूँ। है कोई ऐसी जगह जहाँ मन की थकान मिटे ? विश्राम मिले ? आज भी चक्कर काट रहा हूँ उसी की खोज में। बाबा को तो विश्राम 'राम' में मिला था, मैं कहाँ जाऊँ ?"

सुनने वाले थे समूचे जनपद से उन्हें देखने की लालसा लिये पन्द्रह-बीस हज़ार बूढ़े, जवान, किशोर, बच्चे। इनमें से जाने कितनों के लिए वे 'नामवर', कितनों के लिए 'भइया', कितनों के लिए 'चाचा' और कितनों के लिए 'गुरु जी'। नामवर का तो सिर्फ गला रुँध गया था लेकिन भीड़ देर तक हिचकियाँ और सिसकियाँ लेती रही।

जिस समय डॉक्टरों की टीम आई, उस समय बुखार नहीं था और वे सहज थे।

मांटूश, एक्सरे और एलाइसा की रिपोर्ट देखने के बाद डॉक्टरों ने प्लूरिसी घोषित किया, बताया कि फेफड़े में फोड़ा है और पस आ गया है। उन्होंने यह भी सलाह दी कि दशहरे के दिन अस्पताल में भर्ती करेंगे और दवा शुरू कर देंगे।

खूँटे में अँटकी दाल मिल गई थी और वे राहत महसूस कर रहे थे। ऐसा मुझे लगा, उन्हें नहीं। वे चिन्ता में डूबे हुए चुपचाप लेटे रहे—टी.बी. और मुझे ? और वह भी इस उम्र में ?

अगले दिन अस्पताल में भर्ती कराने की पूरी तैयारी कर लेने के बाद मैं भैया को देखने ऊपर गया।

उन्हें व्यस्त देख कर मैंने छत पर एक कुर्सी डाली और ऐसी जगह बैठ गया जहाँ से वह नज़र आते रहें—कमरे की खिड़कियाँ खुली थीं। पंखा धीरे-धीरे चल रहा था। अभी अँधेरा होने में थोड़ी देर थी फिर भी उन्होंने बत्ती जला दी थी। शायद पाँच बजे की शाम रही हो। वे मुझे नहीं देख रहे थे। मेज पर चिट्ठियों के कई बंडल पड़े थे। ये वे चिट्ठियाँ थी जिन्हें सन् ’65 में दिल्ली जाने से पहले यहाँ छोड़ गए थे। जब मैं बंडल बना रहा था तो उन पर नज़र दौड़ाता जा रहा था। द्विवेदी जी, नागार्जुन, शमशेर, केदारनाथ अग्रवाल, भा.भू.अग्रवाल, नेमि जी से लेकर नए कहानीकारों और साठ के बाद के सभी कवियों-कथाकारों की चिट्ठियाँ थीं। वे अपने को अच्छी तरह ढँक कर कुर्सी पर बैठे थे और उन बंडलों को खोल-खोल कर कुछ तलाश रहे थे। मैं नहीं जानता कि उन्हें किन या कैसी चिट्ठियों की खोज थी। लेकिन उनमें से अपनी जरूरत की चिट्ठियों को छाँट कर अलग रखते जा रहे थे।

दिलचस्प प्रसंग यह था कि छँटनी के अन्तर्देशीय और लिफाफे पंखे की हवा में उड़-उड़ कर कमरे में फैल रहे थे और वे उन्हें चुन कर उसी मेज पर रखते जहाँ से फिर उड़ जाते थे। वे उन्हें उड़ते हुए देखते, झुँझलाते फिर घुटनों के बल बैठ कर बटोरने लगते। कुछ चिट्ठियाँ पलंग के नीचे चली गई थीं और उनके घिसटने या सरसराने की ध्वनि मुझ तक आ रही थी। वे थक गए और सिर पकड़ कर कुर्सी पर बैठ गए।

यह सारी घटना उनकी प्रकृति से मेल नहीं खा रही थी।

मुझे हँसी आ रही थी।

“बस इतना करना था।” अन्दर जाकर मैंने कहा और स्विच ऑफ कर दिया।

उन्होंने पहले मुझे देखा, फिर बन्द होते पंखे को, फिर शरमा गए।

कमरे के फर्श पर चिट्ठियाँ बिखरी हुई थीं। मैंने उन्हें बटोरा और मेज पर अलग रख दिया। मैंने उनकी कुहनी पकड़ी और बिस्तर पर बिठा दिया। ज़्यादा नहीं फिर भी टेम्परेचर था। वे बिना कुछ बोले सूनी आँखों मुझे और मेरी हरकतों को देखते रहे। जब मैं वापस होने लगा तो उन्होंने टोका—“सुनिए काशीनाथ जी, एक बार गोर्की तोलस्तोय से मिलने उनके घर गया। उस समय तोलस्तोय झाड़ू लेकर एक छिपकली को भगा रहे थे। छिपकली छत के एक कोने से दूसरे कोने में भागती रही और वे उसे भद्दी गालियाँ देते रहे। गोर्की दरवाजे पर खड़ा था। उन्होंने उसकी ओर कोई

ध्यान नहीं दिया।...फिर वे थक कर बैठ गए और कहीं से एक शीशी और डंडा ले आए। शीशी का मुँह सँकरा और डंडा मोटा। वे डंडे को शीशी के मुँह में डालने की कोशिश कर ही रहे थे कि टूट कर दूर जा गिरी। इसके बाद उन्होंने गोर्की को देखा तो गोर्की ने कहा—"आप फीजिक्स के नियम के विरुद्ध काम कर रहे हैं।" तोलस्तोय ने डाँट कर गोर्की को भगा दिया—"जाओ भागो। चाय नहीं पिलाएँगे तुम्हें।" फिर बाद में बुलाया और कहा—"तुम शीशी का टूटना देख रहे हो। मेरे सीने के अन्दर क्या टूट रहा है यह नहीं देख रहे हो।"

इसके बाद वे चुप।

मैं भी चुप कुछ देर तक।

"कहें तो दिल्ली घर पर ख़बर कर दूँ। कल भर्ती होने की बात किसी को नहीं मालूम अब तक।" कुछ और न कह कर मैंने यही कहा—बल्कि कहा नहीं, मेरे मुँह से निकल गया।

उन्होंने माथा पीटा और आश्चर्य से मेरी ओर देखा—"अच्छा तो जाओ अब। तुम इतने बड़े मूर्ख हो, मैं नहीं जानता था।"

परिशिष्ट

नामवर से काशी

प्रश्न : *पचहत्तर साल पूरा करने पर आपको हिन्दी समाज ने वह सम्मान दिया है और आज भी दे रहा है जो किसी भारतीय लेखक को जीते-जी मयस्सर नहीं हुआ—इस पर आपकी प्रतिक्रिया ?*

नामवर : यह प्रश्न मेरे निन्दकों से पूछना चाहिए। वे कम नहीं हैं और काफी दुखी भी होंगे।

प्रश्न : *आज आपको वह सारा कुछ मिल चुका है—पद, ऐश्वर्य, सम्मान, प्रतिष्ठा। शिखर पर हैं आप, हर उपलब्धि के। वह क्या है जो नहीं मिला है ?*

नामवर : समाधिस्थ चित्त की वह दशा जिसमें मनोवांछित की रचना सम्भव होती है।

प्रश्न : *आपने बचपन में क्या सपने देखे थे अपने बारे में ?*

नामवर : बचपन ऐसा मिला ही नहीं जिसमें सपने देखे जाते हैं। वैसे भी, अपने बारे में तो कभी कोई सपना देखा भी नहीं।

प्रश्न : *अब सपने आते हैं कि नहीं ? और आते हैं तो किस तरह के ?*

नामवर : अधिकतर दुःस्वप्न ही आते हैं। प्रसाद जी की वह पंक्ति याद आती है : 'मिला कहाँ वह सुख जिसका मैं स्वप्न देखकर जाग गया !'

प्रश्न : *आपको फ़ुर्सत मिलती है कि नहीं ? और मिलती है तो क्या करते हैं ?*

नामवर : 'दिल ढूँढ़ता है फिर वही फ़ुर्सत के रात दिन ! बैठे रहे तख़य्युले जानाँ किए हुए !' मेरे लिए 'तख़य्युले जानाँ' कोई न कोई मनपसन्द किताब ही है।

प्रश्न : *आपको कैसे लोगों से मिलना अच्छा लगता है ?*

नामवर : मीर के शब्दों में 'मिलिए उस शख़्स से जो आदम होवे !'

प्रश्न : *आप कब खालीपन महसूस करते हैं ?*

नामवर : जब दिमाग़ खाली होता है।

प्रश्न : *आपको कैसे लोगों से ईर्ष्या होती है ?*

नामवर : जो वही कह या लिख देते हैं जिसे सटीक ढंग से कहने के लिए मैं अरसे से बेचैन रहा।

प्रश्न : *किनके आगे अपने आप सिर झुकता है आपका ?*

नामवर : ज्ञानवृद्ध के।

प्रश्न : *कैसी टिप्पणियाँ, छेड़छाड़, आलोचनाएँ (?) सुन या पढ़कर आपको क्रोध आता है ?*

नामवर : वैयक्तिक और निराधार।

प्रश्न : *ऐसा कोई कवि, कहानीकार या समीक्षक—जिसे समझने में चूक हुई हो आपसे ?*

नामवर : फिलहाल रेणु का नाम ही याद आ रहा है जिनके महत्त्व को समझने में देर हुई मुझसे और इस 'देर' को 'चूक' भी कह सकते हैं।

प्रश्न : *ऐसी कोई आलोचना जो दबाव या मजबूरी में लिखी गई हो ?*

नामवर : किसी नए-नए लेखक की प्रकाशनार्थ पांडुलिपि पर शुभाशंसा के शब्द तो लिखे लेकिन कोई 'आलोचना' दबाव या मजबूरी में नहीं।

प्रश्न : *कोई ऐसा 'वाद-विवाद' या 'संवाद' जिसमें 'बदला लेने' या 'सबक सिखाने' का भाव मन में रहा हो ?*

नामवर : 'बदला' किससे ? 'सबक' किसको ? जो भी आरोप व्यक्तिगत लगा, अनदेखा किया। 'वाद विवाद संवाद' उन्हीं से किया जो बराबर के हैं या कुछ बड़े। 'सहयोगी प्रयास' के तहत। यहाँ तक कि 'दस्ते अदू' के साथ भी, फ़ैज के अन्दाज़ में 'सलूक जिससे किया मैंने आशिकाना किया'।

प्रश्न : *अगर आपसे कलम और किताबें छीन ली जाएँ और ऐसे टापू पर भेज दिया जाए जहाँ कोई न हो तो क्या करेंगे आप ?*

नामवर : इस बात की कल्पना भी नहीं कर सकता।

प्रश्न : *आपके एक ओर समुद्र हो और दूसरी ओर पर्वत—और दोनों बुलाएँ तो किधर जाएँगे ?*

नामवर : समुद्र की ओर।

प्रश्न : *आपकी चाल में जीयनपुर है और वाणी में बनारस—दिल्ली कहाँ है ?*

नामवर : दिमाग में, न कि दिल में।

प्रश्न : *'कालदेवता' सहसा आपके आगे आए और पूछ बैठे—'बोल नामवर, क्या चाहिए तुझे ? जो माँगना हो माँग ले !' तो क्या माँगेंगे आप ?*

नामवर : 'रहिमन कर पर कर धरो, करतल कर न धरो।' क्या इसे अब भूल जाऊँ ?

प्रश्न : *ऐसा लगता है जैसे शिवालिक खूँटा हो, घर नहीं ! आप की 'कल्पना' या 'सपने' का घर कोई था भी या नहीं ? अगर था तो कब और कहाँ छूटा ?*

नामवर : वही लोलार्क कुंड वाला पुराना घर जिसमें किसी समय सभी अपने साथ थे ! वैसे सचमुच का 'घर' तो अब भी सपना है और सपना ही रहेगा।

●●●